朗格彩色童话集

淡紫色童话

Danzise Tonghua

[英] 安德鲁·朗格 编著

李辉 译

内蒙古少年儿童出版社

图书在版编目（CIP）数据

淡紫色童话 /（英）安德鲁·朗格编著；李辉译
. -- 通辽：内蒙古少年儿童出版社，2021.7
（朗格彩色童话集）
ISBN 978-7-5312-4968-9

Ⅰ.①淡… Ⅱ.①安… ②李… Ⅲ.①童话—作品集
—世界 Ⅳ.①I18

中国版本图书馆CIP数据核字（2021）第071254号

朗格彩色童话集
淡紫色童话
[英]安德鲁·朗格/编著　李辉/译

责任编辑：丁　雪
封面设计：张合涛
出　　版：内蒙古少年儿童出版社
地　　址：通辽市科尔沁区霍林河大街312号
邮　　编：028000
电　　话：（0475）8219305
印　　刷：保定市海天印务有限公司
开　　本：787mm×1092mm　1/16
印　　张：10
字　　数：108千字
版　　次：2021年7月第1版
印　　次：2021年7月第1次印刷
书　　号：ISBN 978-7-5312-4968-9
定　　价：32.00元

目 录
contents

淡紫色童话

淡紫色童话

真假王子

很久以前，一个炎热的夏天，有一个国王刚刚从午睡中醒来。午睡是那些热带地区的人在夏天都有的习惯。早晨，人们早早地起床，趁天气凉爽干活，然后在最热的中午，从十二点到下午三点，这段时间睡午觉。国王起身，穿上一套凉爽的简装，欲穿过大厅前往议政厅。突然，一群贵族青年迎面走来，其中一人上前对他说：

"陛下，今天上午我们在院子里打网球时，王子殿下和这位绅士也参加了。不知为何，他俩突然发生了争执，当时王子大怒，说了许多侮辱对方的话。您眼前的这位绅士怒火中烧，猛击了王子一拳，把王子打得鼻子和嘴角都流血了。我们当场震惊了，想要惩罚这位胆敢向王子挥拳头的家伙。这时，这家伙的外祖父，也就是公爵大人制止了我们，他叫我们向陛下您禀报此事，听候您的发落。"

国王耐心地听完他的陈述，平静地说，"我想当时王子没有携带随身武器吧，不然他肯定会反击的。"

"不，陛下，他身上有武器，他腰带上插着一把匕首。可是，他一看到自己的脸和鼻子流血了，就独自一人跑到院子的角落哭了起来，这真的让人感到十分震惊。"

听到这里，国王也吃了一惊，他默默走到窗前，静静地看着窗外，好几分钟都不说话。那群青年也不敢吭声。随后，国王转过身来，脸色苍白，一脸严峻。

"你们听着，"国王怒气冲冲地说，"我对天起誓绝无虚言，这是一件关系高贵人格的事，我宁愿听到你们告诉我，王子被杀害了，尽管他是我唯一的儿子，也不愿听到他受了侮辱，竟然不还手反击，还独自躲在角落里哀伤。那个该死的家伙打了王室继承人，依法应立即处死。"

年轻的绅士卢卡抬起一直低下的头，竭力为自己辩护，可国王根本不理睬他，并命令侍卫立即逮捕他。随后，他说如果这个犯人想最后一次游览这座城市的话，他可在侍卫的监管下四处走动，不过 15 天后，他将接受全国最高法庭的审判，然后被处决。

犯死罪的卢卡在一群朋友的陪伴下，被士兵押了出去。朋友们纷纷建议，在随后的 14 天里，他要到处寻访智者，请教他们逃脱死罪的办法。可是，一连 14 天，没有人能够帮助他，毕竟殴打王子是实事，谁也无法为他辩护，他们也不想日后引火烧身。

第 14 个晚上来临了，心里早已绝望的卢卡，最后一次在这座城市的大街上漫无目的地走着。他面如死灰，双眼也暗淡

无光，随行的朋友没有人敢与他说话。

很快，几个小时过去了，他们一行来到一座修道院的门口。突然，一位年迈的老婆婆从拐角处冒了出来，眨眼工夫就来到他们跟前。她的脸庞布满了像蜘蛛网样的皱纹，身体干瘪，简直是皮包骨，腰弯得几乎将头顶着地了，看起来至少90岁了。可是，她的双眼却清澈明亮，宛如少女般水灵。

"卢卡，"她说，"我知道你正遭遇着不幸，四处寻找能救你的人。我想除了我之外，不会再有第二个人能解救你了，不过你要向天起誓，答应我的一切要求。"

卢卡听了她的话，精神一振，像身上背着的一块大石头，突然滚落了下来，轻松了许多。

"哦，只要您能救我，我什么都答应您。"他哀求道，"我还年轻，不想这么快离开这个光明的世界，去那个黑暗的世界。"

"你不会有事的，"老婆婆肯定地说，"只要你和我结婚，你就会重获自由。"

"和您结婚，"卢卡吃了一惊，"您——您——都快100岁了，可我还不到20岁！这——这——怎么行？"卢卡脱口而出，根本没有想后果。

老婆婆原本水灵的双眼立即冒出怒火，盯得卢卡浑身不自在。过了一会儿，她平静地说："既然如此，等着乌鸦给你收尸吧！"说完匆匆离开。

死亡的恐惧一下子又袭上了心头，卢卡明白，这是他唯一的生存机会，除此之外，别无他法。想到这儿，他迈开双脚，向老婆婆追去。皓月当空，夜如白昼，可哪儿还有老婆婆的踪影，谁曾想，一位年近百岁的老婆婆居然健步如飞！还好，卢卡最终还是追上了她，来到她跟前时，他早已汗流浃背、气喘吁吁。

"哦，你终于恢复了理智。"老婆婆快速地回答道，只是声音有些奇怪，"时间不多了，你立即跟我走。"一路上他们走得飞快，彼此都没有说话，全力赶路。俩人来到牧师的家，请求牧师见证，卢卡在她面前发誓将娶她为妻。卢卡照做了，随后，老婆婆让牧师和侍卫出去，让他们俩单独待一会儿。在两人独处时，老婆婆详细地告诉卢卡，明天该如何如何做。

第二天早上，卢卡被带到了法庭，那里早被四面八方赶来看热闹的人们围得水泄不通。不过令人奇怪的是，即将接受审判的卢卡表情十分愉悦，一点儿没有即将赴死的恐惧。国王冷冷地问他，是否需要为自己殴打王子的罪行进行辩护，有的话，趁早说。卢卡向国王及法官鞠了一躬，用洪亮的声音回答道："哦！万人敬仰的陛下！诸位大人！你们是这个国家的最智慧和最高尚的人，我完全听从你们的审判。我想在你们听完我的陈述之后，会十分公正地做出判决。"

"仁慈的国王陛下，您与王后结婚四年，一直没有孩子，你当时十分忧伤。王后看在眼里，也十分担忧，她怕逐渐失去您的宠爱。于是，她日夜都在想，得想方设法弄个孩子，才能重新获得您的恩宠。不久，您远赴他国征战。这期间，王后偷偷收养了一个婴儿，是一个穷石匠的孩子，并派人向您报信，说她给您生了一个儿子。没有人怀疑这件事情，除了一位神父，因王后曾在他面前忏悔时，说过这件事。几个星期后，王后不幸染病去世了，这个婴儿就被当作王子抚养成人。好了，我要在此说一下我的身世了，愿陛下和各位大人能耐心地听。"

"王后去世后，"卢卡有条不紊地继续说，"没多久，您带着众人出去围猎，在追逐一只鹿时，您远远地把随从抛在了身后，结果迷了路，独自来到一个陌生的果园。

果园里开满了白色的和红色的苹果花，一个美丽的姑娘在一处空地上玩球。于是，您上前向她问路。当她抬起头回答您时，她的美貌震撼了您，那一刻，想必您忘记了世间所有的事情了吧，听说您离开时，一步三回头。

从此，您一次又一次地频繁地去看望那位姑娘，最后下决心向她求婚。起初，她以为您只是一个穷困的骑士，于是答应和您秘密结婚，没有公开举办婚礼。"

"婚礼结束后，您给了她三个戒指和一个十字架护身符，还特地在森林里建造了一座别墅，作为婚房，还要求她保守这个秘密。"

"随后，接连几个月，您每周都要去那个别墅与那位姑娘相聚。没过多久，边境地区发生叛乱，您不得不亲征平叛。几个月后，当您返回，再去森林里的那座别墅时，那里早已人去楼空，没有人知道新娘去了哪里。不过，现在我可以告诉您了。"

国王听了卢卡的话，脸色早已发白，但他没有吭声。

"新娘回到了她父亲的家，就是那位阻止士兵杀我的老公爵，您从前的大臣。他看到女儿佩戴的十字架护身符，就知道您是谁了。听了女儿的陈述，他十分生气，发誓不让您找到她，直到您公开宣布她是您的新王后。"卢卡看着国王继续说道。

"不久，我就出生了，由我外祖父扶养成人。我这儿有您送给我母亲的戒指和护身符，它们能证明我说的话是不是真的，我到底是不是您的儿子。"

卢卡说完将戒指和护身符放在国王的面前。贵族大臣们纷纷上前查看，只有国王依旧呆坐着，此刻他的思绪只有20年前的那个苹果园，那座小别墅，那位再也没能见上一面的玩球的姑娘，眼里满是泪水。他早已忘了眼前的一切，沉浸在回忆之中，直到大臣们把他重新唤醒。

"这一切都是真的，他才是我的儿子，而不是那个挨揍的。"国王哽咽着说，"我要大厅里所有人起誓，在我百年之后，由他继承我的王位。"

大厅里的人一个接一个在国王脚边下跪发誓。同时，国王还命令侍卫把那个假王子逐出了王宫，当然毕竟父子一场，还是给了他许多钱，足够他富裕地生活一辈子。

起誓仪式结束后，国王让新认的儿子跟随他进入一间密室。

"能告诉我，你是如何知道这一切的吗？"国王边说边在一个雕有精致的花纹、铺有红色毛垫的椅子上坐下。

卢卡如实地告诉了他昨晚与老婆婆相遇的经过，以及拿到戒指和护身符的经过。他还说，他曾在牧师面前发誓，将娶她为妻。当然，因为年龄相差巨大，他当时心里并不乐意。最后，卢卡对父王说："愿父王重新为我挑选新娘。"

国王听了皱起了眉头，厉声严斥王子说："既然你发过誓，如果她能救你，你就得娶她为妻。现在你获救了，就应该遵守誓言，娶她为妻。"说完，他拉了一下挂在墙壁上的银色盾牌，一名侍卫立即走了进来。

国王对侍卫说："立即到监狱附近的牧师那里，问一下他，昨天来找他的那位老婆婆住在哪儿。找到她后，立即把她带到王宫。"

侍卫们费了一番周折，终于找到了老婆婆。她很快被带到王宫，并受到王室最高的礼遇，因她即将成为王子的新娘。当众人看到这个身体干瘪、满脸皱纹的老婆婆从仪仗队伍中间走过时，都惊得目瞪口呆。更令他们吃惊的是，弓着背的她上台阶十分轻盈，像是飘上去一样。

国王和王子在台阶上方恭候她的到来。不过，他们依然对老婆婆的外貌感到惊讶，尽管他们十分克制自己的言行。国王毕恭毕敬地向她鞠了一躬，随后牵着她的手，引她进入一个教堂。庄严的主教亲自主持她和卢卡的婚礼。

婚后接连几周，卢卡都不见踪影，他成天在外打猎，想方设法忘掉那位年迈的新婚王妃。而王妃呢，则整天大门不出，将自己独自关在房里，连国王给她安排的几名侍女，都被她谢绝了。

一天晚上，卢卡打猎回来得很晚。他太累了，倒在床上和衣而睡。迷迷糊糊中，他突然听到屋里传来一阵奇怪的声音，一下子被惊醒，怀疑有盗贼闯入。于是，他立即下床，手握宝剑，循声而去。

声音是从隔壁王妃的卧室传来的，此刻她房里灯火通明。他靠近房门，透过门缝，卢卡看见王妃正安静地躺在床上，头上还戴着镶着金银和珠宝的王冠，奇怪的是，她脸上没有了皱纹，反而容光焕发，脖子和手臂如雪似莲藕般洁白，肌肤娇嫩，看起来就像十四五岁的少女一般。这个美如天仙的少女真的是我的王妃吗？

卢卡在门外看得像是丢了魂，呆若木鸡。突然，少女睁开了眼，冲他笑了笑，似乎发现了他在门外。卢卡推门而入。

"不用奇怪，我就是你的妻子。"王妃说，她已经看透了他的心思，"魔咒已经被解除了，是时候告诉你我是谁了，为什么会变成一位老婆婆。"

王妃开始向卢卡诉说着自己的经历，我是格拉纳达王国的公主，出生于能俯视美丽的贝加草原的王宫里。我出生几个月后，一位仇恨我父母的巫婆偷偷进入王宫，歹毒的她给我下了一道恶咒，让我驼背、身体干瘪、满脸皱纹，看起来像个百岁老婆婆。她把我变得十分丑陋，以致人们都讨厌我，不愿接近我。没有办法，我父王只好让我的奶妈把我带出王宫。奶妈是这个世上唯一真心关心我、爱护我的人，我俩相依为命生活在这座城市里，靠父王每年给我们的微薄生活费艰难度日。

大约在我三岁的时候，一个老头来到我家门前，他乞求我的奶妈让他进屋里休息一阵，他生病了，实在走不动了。奶妈十分善良，连忙将他扶进屋里，让他睡在她的床上，一连几天对他无微不至地照顾，直至他身体康复。为了报答奶妈的救命之恩，他说他是一个巫师，除了生死之外，他能为奶妈实现所有她想拥有的东西。奶妈说，她这一生最大的愿望就是让我身体不再弯曲，皮肤不再枯燥，脸上不再有皱纹，让我从此恢复正常人的容貌。巫师听了她的话，也看了看我后说，因为我被施了一个魔咒，一时很难解除，但他会竭尽所能，保证我能在

15岁生日时解除这个可恶的魔咒，不过有个条件，就是我必须找到，一个发誓娶我为妻的男人。

"可以想象一下，对我而言，这是多么难的一件事呀。我长得如此丑陋，又显得如此苍老，人们连多看我一眼也不愿意，有谁愿意娶我为妻呢。15岁的生日一天天逼近，奶妈和我越来越绝望，因为我还没跟男士说过一句话呀。直到十几天前，那个巫师来到我家。他将王宫发生的事情以及你的身世告诉了我，并把你父王留给你母亲的戒指和护身符送给我，叫我在你心灰意冷、最绝望的时候出现在你的面前，告诉你只有我能救你，并要你发誓娶我为妻。"

"这就是我经历的一切，好了，这一切都过去了。现在，你去向国王请求，派人到格拉纳达王国送信，告诉我的亲生父母发生在我身上的一切遭遇，当然，最重要的是我们结婚的喜讯。"她流着泪哽咽地说，"他们一定会为我们俩祝福的。"

猴子的心

很久以前，在海岸的悬崖峭壁下有一个绿色的峡谷，那儿有一个小镇，镇上有许多低矮的房屋。这些房屋都远离海岸，以免被汹涌的潮水吞没，因为人们知道，猛烈的西风会把潮水狠狠地抛到海岸上，抛得很高很远。在峭壁间，有一棵高大的树，一半的枝叶伸展在房舍的上方，为房屋挡雨遮阳，另一半伸向大海，覆盖着下方深蓝色的海水。这儿的海水又深又清澈，加之有树荫，成了鲨鱼们的乐园。大树上结满了果实，每天太阳刚刚跃出海面，就有一只灰色的大猴子坐在树上，享受早餐，还不停地自言自语。

猴子把靠近陆地那侧的果实吃完后，就跳到靠海那边的树枝上。一天，猴子吃饱了，准备在树上的阴凉处睡觉。突然，它发现下方有一条鲨鱼一直贪婪地盯着它。

"需要我帮忙做些什么？我的朋友？"猴子很有礼貌地说。

　　"哦，你如果能把树上的果实扔几个下来，我将十分感激。我看你吃得津津有味，我也想尝一下。"鲨鱼说。"我吃了 50 年的鱼了，早吃腻了，想换一下口味，唉，我实在尝够了盐的滋味。"

　　"哦，谁都不喜欢盐，"猴子说，"你把嘴张开，我把这美味可口的果实扔到你的嘴里。"猴子边说边随手摘了一个果实，扔了下去。要将果实准确地扔进鲨鱼的嘴里不那么容易。这不，鲨鱼转身去接那个果实，还是没有接住。果实直接砸在鲨鱼的一颗巨牙上，滚落到了海里。猴子又摘了一个扔下去，这回鲨鱼比较幸运，果实直接掉入嘴中。

"真是好吃极了！"鲨鱼兴奋地说，"请再给一个。"就这样，鲨鱼一口一个，没完没了地吃了起来。猴子不停地往下扔果实，扔得不耐烦了，它实在不知道鲨鱼何时能吃饱。

"天色不早了，我要回去看我的孩子了。"猴子有礼貌地说，"如果你明天还来这儿，我会继续摘果实给你吃的。"

"那太感谢你了，谢谢你！"鲨鱼说。它高兴极了，露出一排如尖刀般丑陋的牙齿，"感谢你给我带来无比的快乐。"说完，鲨鱼游到大海深处，希望自己美美地睡上一觉后，猴子还会回来。

此后一连几周，猴子和鲨鱼都准时相会，共进早餐。也真奇怪，树上好像有吃不完的果实。长时间的相处，它们很快成了要好的朋友，开始谈论各自的家庭，交流如何教育孩子，孩子要学会哪些本领等等。渐渐地，猴子对自己在小镇外面棕榈树林中的家有些厌倦了，它渴望到大海深处看一下那里的奇妙世界，鲨鱼把那里描绘得精彩纷呈、美不胜收。鲨鱼注意到了猴子的反应，开始不停地绘声绘色地介绍海洋奇观。

日子一天天过去。一天，鲨鱼对猴子说："这几个星期以来，我一直在想，我该如何报答你为我付出的一切。在这儿，我没有什么东西送你，如果你愿意随我回家，我将奉献给你喜欢的任何东西。"

"那太好了，没有比这个邀请让我更高兴的了。"猴子高兴得咧嘴大笑，笑时牙齿发出"咔嗒咔嗒"的响声。"可是我怎么去呢？一看到汹涌的海水，我头就大了啊。"

"你完全不用害怕，"鲨鱼说，"你只要稳稳地坐在我的背上，我保证你不会沾到一滴水。"

事情就这么定了下来。第二天一大早，它们俩吃完早餐，鲨鱼就游到了大树下方，露出水面，猴子跳了上去，正好落在鲨鱼背上，没有沾到一滴水。起初，猴子对鲨鱼背部这一地方有些恐惧，很快它就适应了，心里也坦然了许多，对猴子来说，那就像是汪洋中不沉的小舟。一路上，猴子不停地询问鲨鱼各种有关海洋的问题，比如那些从它们身边游过的鱼、飘过的海草以及其他一些古怪的东西。鲨鱼有问必答，很有耐心，猴子开心极了。其实猴子哪里知道，许多东西，作为向导的鲨鱼也没有听过见过。

太阳已经升到老高了，突然，鲨鱼对猴子说："我的朋友，我们已走了一半的路程了，有些事情我想告诉你。"

"什么事？"猴子心里一紧，脱口而出，"不会是什么坏消息吧，你的声音怎么听起来这么悲哀。"

"啊！不！没什么，只是我一早出门时，听说我们的大王得了重病，说只有猴子的心脏才能救它。"

"哦，真的太可怜了，我真心为你们的大王感到遗憾，感到痛心。"猴子略带悲伤地说，"不过你太粗心了，你应该在我出发前告诉我。"

"你是什么意思？"鲨鱼好奇地问道。此时，猴子完全明白了鲨鱼的阴谋，它镇定了下来，没有急着回答，它得想好再回答，毕竟生死攸关啊。

"咋不回答？"鲨鱼有些生气地再次问道。

"我在想，为何我在岸上时，你没有把这件事及时地告诉我，真的太遗憾了，要不然，我一定会把心脏带上的。"

"什么？你的心脏不在你身上？"鲨鱼满脸迷惑地问道。

　　"哦，当然不在。你可能还不知道吧？我们猴子每次离家时，都会把自己的心挂在树上，以防它们惹麻烦。也许你不相信，认为我在因害怕编故事骗你。这样吧，你以最快的速度去你们大王那儿，到达那儿后，如果你能找到我的心脏，我情愿将它奉献给你的大王。"

　　猴子平静地说着，丝毫没有显露出内心的恐惧。这回鲨鱼相信了，它开始责怪自己太性急。

　　"如果你没有把心脏带在身上，我们再继续走下去就没什么用了，我还是载你回去取心脏吧。"

　　这正是猴子求之不得，最希望听到的回答。它心里虽说松了口气，但丝毫不敢流露半分。

"哦，我也不知道该怎么办，"猴子装着很委屈的样子静静地说，"路程太远了，也许你是对的，来回一趟不容易。"

"我当然是对的，既然你没有带心脏，去了也不管用，我会以最快速度游回去，让你去取心，取了心脏再去我的国度，拜见我们的大王。"鲨鱼得意地说。

鲨鱼当即调头，游了回去。猴子终于又看到那棵熟悉的树。

猴子看准一根垂在水面上的树枝，一把抓住，三下两下就跳到树上，长吁了口气。它对下方的鲨鱼说，"我的朋友，你一定要等我，我饿坏了，得先吃点东西，再去取心脏。"说完，猴子钻入树林深处，鲨鱼再也看不到它了。猴子也累了，蜷缩着在树枝上睡着了。

鲨鱼一直在树下不停地游来游去等猴子下来，实在是等得不耐烦了，它喊道："你在哪儿？"

猴子被鲨鱼的喊声吵醒了，但它没有回答。

"你还在吗？不在，我可要独自回去了。"鲨鱼显然十分生气，喊声比刚才大了许多。

"哦，朋友，我在这儿呢，你不该大声吵醒我，我正在做美梦呢，舒服着呢。"

"找到心脏了吗？"鲨鱼急匆匆地问道，"我们该出发了。"

"去哪儿呀？"猴子假装好奇地问道。

"唉，不会这么快就忘了吧，当然带着心脏去见我家大王呀。"

"谢谢你的热情邀请，我的朋友。"猴子咯咯地笑着说，"我想你肯定是疯了，你该不会把我当成了洗衣匠的驴子了吧？"

"别胡说八道了，"鲨鱼恼怒地喊道，它可受不了别人的嘲笑，"洗衣匠的驴子是什么意思？麻烦你动作快点，否则我们赶不回去救大王了。"

"看来你还真没有听过《洗衣匠的驴子》的故事呀，我得给你讲讲它的故事。"猴子得意地说。"那是一头没有心脏的家畜。唉，我感觉有点儿不舒服，太阳太烈了，我怕晒得中暑，得往阴凉处挪一下。如果你想听，我会往你那儿靠近一点儿再讲。"

"好吧，"鲨鱼脸色十分难看地说道，"你不跟我走，我也没什么事干了，正好听你讲这个故事。"

于是，猴子开始讲故事。

以前，小镇的另一头有一大片森林，那儿住着一个洗衣匠，他和一头驴相依为命，不论他去哪儿，都带着它，没事时，就骑着驴子四处溜达，他俩真是形影不离。起初，他们相处得十分融洽，过了好一阵快乐的日子。不久，驴逐渐变懒了，对仁慈的主人也越来越不尊敬了，甚至瞧不起他。后来，它偷偷逃了出来，来到森林深处。那儿有丰富的水草，它整天除了吃就是睡，除了睡就是吃，啥事也不干，长得越来越肥，肥得快走不动了。

一天，驴正悠闲地品尝一种新草料，回味着它的味道与昨天吃的草有哪些不同时，正好有一只兔子从此经过。

"哦，这家伙真肥呀。"兔子想，随后转身跑去告诉它的好友——狮子。此时，狮子正生重病，完全没有力气外出捕食。当它听到不远处有一头肥壮的驴子时，它无能为力地流下了失望的泪水。

"你跑过来告诉我这些有什么用？"狮子泪流满面地说，

"你不知道我现在连走路的力气也没有了吗？"

"别难过！"兔子说，"我会让那头驴亲自送上门来的，你在家守着就行。"说完向狮子告辞，匆忙向驴子跑去。

"早上好！"兔子彬彬有礼地向驴子鞠了一躬。驴在森林还没有一位朋友，见到兔子吃了一惊，抬起头看着兔子。

"对不起，打扰你了，我来是有件重要的事想告诉你。"兔子接着说。

"是吗，"驴说，"我应该先感谢你呀，告诉我到底是什么事情呢？"

"是这么回事，"兔子回答说，"我的朋友狮子听说您很有魅力，品行十分端正，性格又温和，便派我来向您求婚。因为生病，它的身体还十分虚弱，不能亲自来，特让我向您表达

它的歉意。"

"太可怜了，太不幸了！我十分难过！"驴说，"你一定要去告诉狮子，我很乐意接受它的求婚，我特别想做森林女王。""你能否亲自过去告诉它？"兔子说。驴同意了。

于是，兔子带着驴一起向狮子的家走去。它们走了好久，原因就是驴长得太胖了，走得太慢了。如果依兔子自己的速度，它不到五分钟就能跑到狮子家。可此时，它不得不耐着性子，依着驴的步伐，缓慢地爬行，这可把兔子累得够呛。终于走到了狮子家。狮子坐在门口，脸色苍白，全身虚弱，没有一点儿力气。看到瘦弱的狮子，驴显得十分害羞，低下了头。狮子显得十分热情，连忙招呼它们进屋休息。

没一会儿，兔子起身说："哦，我还有一个约会，希望你与未来的丈夫狮子能好好交流一下，彼此尽快熟悉起来。"它边说边不停地向狮子眨眼。

兔子离开后，驴以为狮子马上会向它求婚，然后它们一起协商筹备婚事，以后在哪儿安家等事宜。可是狮子一句话也没有说，只是蜷缩在屋角。驴很纳闷，它抬起头，看见狮子双眼通红，露着杀气，心里十分害怕，不由自主地往后退。狮子用尽全力大喊一声扑向驴，可是驴早已有了防备闪开了，还朝狮子狠狠踢了一脚，将瘦弱的狮子一下子踢飞，撞在墙上，痛得狮子在地上不断尖叫。狮子不顾疼痛，不停地用利爪抓驴，驴奋力还击，用嘴咬，用蹄踢，最后踢中了狮子的要害。狮子疼得在地上直打滚，不停地呻吟着。驴则乘机拼命逃了出去。

兔子压根也没有什么约会，它很清楚自己走后会发生什么事情，所以一直躲在附近的树丛里看热闹，驴与狮子的厮打声它听得清清楚楚。等驴跑远后，它才悄悄钻出来。

"喂，狮子，你吃着驴了吗？"兔子明知故问。"哼，我做梦也想不到驴这么有劲，还会踢我。当然啦，我也不是那么好踢的，在它背上狠抓几下，留下几条爪印也让它知道疼。"

"真想不到，那么肥的家伙，居然还会打架，真是奇葩呀。"兔子说，"别再为此不开心了，好好在家休息吧，你的伤和病会好起来的。"说完，兔子向它告辞回家了。

两三周转眼就过去了，驴背上的伤早好了，不过还留有疤痕。而狮子所受的踢伤本是皮毛伤，它已恢复了昔日的雄风，正准备出去捕猎。突然，洞外传来"沙沙"的响声，不一会儿，兔子又出现在门口。

"怎样了，我的朋友，身体好了吗？"兔子亲切地问候道，"但是，你一定要注意休息，别太劳累了，让我出去帮你弄一顿丰富的晚餐。""如果你能把那头驴领来，我这回一定把它撕成两半。"狮子凶狠地答道，恨不得马上去报仇。兔子听后笑了起来，它点点头，转身跑出去找驴。

驴受了惊吓，跑到更远的地方生活了。兔子好不容易才找到它。此时，它正躺在一条小溪旁的草地上，还不时地翻来滚去，活动筋骨呢。

"早上好。"兔子依然那么彬彬有礼。驴慢慢爬起来，看了看这位不速之客。

"啊，怎么是你？"驴又惊又喜地说，"快过来，我们好好聊聊。有什么新消息吗？""我可不能在此久留，"兔子说，"我应狮子的委托，再次邀请你去它家里做客。它的病还没有痊愈，不能亲自来请你。"

"哼，别再骗我啦，"驴说，"上次去狮子家，它好凶啊，用利爪在我背上抓了好几道深深的爪印，你瞧现在还留有疤痕呢。太可怕了，我再也不想去见它。"

"可能你当时误会它了，它只想吻一下你，而你却用蹄子狠狠地踢它，用嘴咬它，"兔子说，"它一下子生气了，才抓伤你的。"

"原来是这样，不过，你的话是真还是假的呢。"驴半信半疑地说。

"当然是真的，"兔子很诚恳地说，"我与狮子相交多年，十分熟悉它们。我们还是快点去吧。"驴显得很不情愿，但还是跟兔子去了。

狮子远远地看它们过来了，就躲在一棵大树的后面，静候驴到来。可怜的驴全无防备，它一走近，狮子猛地跳出，用巨爪狠狠地拍击它，只一击就送这头驴去见了上帝。快把这头驴子拖走，剥皮烤着吃。狮子对后面的兔子说，"我这几天胃口不好，只想吃驴的心脏，其他的随你处理。"

"太谢谢你了！"兔子说。它想方设法把驴拖到不远的空地上，把驴的心脏严严实实地埋好，开始生火烤驴。烤好后，饿极了的狮子闻到香味跑了过来。

"我饿极了，快把驴的心脏给我，我要好好享受这份晚餐。"狮子急匆匆地说。

"可是它没有心脏呀。"兔子很无辜地说，满脸困惑地看着狮子。

"别胡说八道了，"狮子怒吼了起来，"哪有动物没有心？你可别蒙我。"

"要知道它可是洗衣匠的驴呀。"兔子表情严肃，愈发显得无辜。

"那又怎样？它毕竟是一只动物呀？"

"哦，你真笨，想不到会问这种问题。"兔子生气地叫道，"你是一头凶猛的成年公狮吧，要是这头驴有心，它怎么会来这里被你杀掉。它第一次来时，你差点儿就杀了它，它侥幸跑掉了。可这次，它竟然又来了。你想想，如果它有心的话，会再来吗？"

狮子沉默了一会儿，缓缓地答道："不，它肯定不会再来了。"

故事终于讲完了，猴子对鲨鱼笑着说："你该不会认为我会像洗衣匠的驴那么蠢吧？很遗憾，让你失望了！你不要在此白等了，太阳快落山了，你早点回去吧，旅程想必十分凉爽，见到你的大王，顺便代我向它问好，祝它身体早日康复。再见，慢走。"说完，猴子迅速钻进浓密的树枝间消失了。

遗失的天堂

　　很久以前，在森林的深处住着一个烧炭人和他的妻子。他俩都很年轻，男的健壮有力，有用不完的劲；女的呢，贤惠漂亮，勤俭持家。刚结婚时，他俩对未来充满了憧憬，认为只要努力地干活，一定能过上幸福的好日子，况且什么活都难不倒他们。可是时运不济，他们越过越穷，还经常饿肚子。

　　有天晚上，国王在烧炭人附近打猎，恰巧经过他们的小屋。他听到小屋里传来呜咽声，一个女人在里面哭泣："你瞧，老天多不公平，勤劳的我们一刻不停地干活，可是，我们却什么活儿也找不到。我是多么安守本分呀，既没有夏娃那么强的好奇心，也从不多管闲事，只知不停地拼命干活，我应该像国王一样快乐的生活，不应该愁吃愁穿呀……"突然，屋外传来响亮的敲门声，女人止住了哭泣。

　　"谁在敲门呀？"她问。

"是我。"屋外的声音传了进来。

"你是谁?"女人又问。

"我是国王。"

女人一听国王来了,惊得跳了起来,连忙把门打开。国王走了进来,看到屋里十分简陋,不要说有像样的家具了,就连一把椅子都找不到。国王显出非常匆忙的样子,也不愿再看屋里有什么,对这对夫妇说:"不要紧张,也别麻烦,我只待一会儿,我听到你们有很不顺心的事,能告诉我吗?或许我能帮助你们。"

"太好了,国王陛下!我们一直找不到工作,也没有其他收入,已经两天没吃东西了。"女人说,"我们实在没有办法了,再这样下去,我们只有等着活活饿死。"

"不,不,你们不会被饿死的。"国王说,"如果你们饿死了,那将是我的罪过。好了,我要带你们去王宫,让你们感觉像活在天堂里一样。不过,你们要答应我一件事,必须无条件服从我的命令。"

烧炭人和妻子惊得不知所措,简直不相信自己的耳朵。当然,他们不会怀疑国王的话,只是太惊喜了。好一阵,他们才缓过神,异口同声地欢呼道:"哦,仁慈的国王!我俩绝对听从你的吩咐,您待我们如此仁厚,我们怎能忘恩负义,违抗您的命令呢?"

国王微微一笑,眼里露出狡黠的目光。

"好了,我们现在就出发,"国王说,"请把房门锁上,将钥匙装在口袋里。"

女人脸露不悦,心想:进了王宫谁还准备回这个屋子呢。

当然，她不敢说出来，因是国王的命令，她不得不无条件服从，锁上门，把钥匙放在口袋里。

走出大森林不久，他们就来到王宫。侍从们接到国王的命令，将他俩安顿在一个豪华的房间里。房间里有他们从未见过的漂亮的家具和奇妙的设施；还有一个巨大的绿色大理石浴池，池里的水像海水一样碧蓝，他们在浴池里痛痛快快地洗了个澡，感觉就像在海里游了一趟，舒服极了。随后，他们换上华贵、柔软的丝绸服装，被侍从带到一个小餐厅，去享用丰富的晚餐。

他们刚到桌前，还没有入座，国王就来了。"愿你们对侍从的安排感到满意，"国王说，"你们可尽情地享用晚宴。我的侍从会满足你们的一切要求的，你们喜欢干什么就干什么。不过，有件事不得不提醒你们。看到桌上的那个汤罐了吧，记住，千万别揭开它的盖子，如果你们打开了，你们的好运也到此结束了。"说完，国王朝他们点头，示意他们不必拘谨，便转身离开。

"听到国王的话了吗？"烧炭人开心地说，"除了别动那个汤罐外，我们想要什么就有什么，太好了。"

无忧无虑的日子总过得飞快，烧炭人和妻子如同生活在童话里一样。床是那么舒适，让他俩每天都不想起来。衣服是那么华美，穿在身上，他们就不想脱下来。食物是那么丰盛，他们简直舍不得离开餐桌。花园里还有各种各样、五颜六色的花，各种奇异的草，树上挂满了各种诱人的果实，各种美丽的鸟儿在上面飞来飞去，尽情地欢歌。如果他们想到外面去，一辆装饰着花环的金色马车随时在门口恭候。国王时不时过来看望他们，看到烧炭人脸色越来越红润，身体也胖了起来，而他的妻子也满面春风，没有了以前的哀愁。只是，他的目光在女人身上停留时，总会流露出一丝神秘、狡黠的微笑，不过烧炭人和妻子沉浸在欢乐之中，根本没有注意。

一天晚上，他们像往日一样享用晚餐，吃完后，烧炭人发现妻子这些天一直闷闷不乐，一句话也不说，心里很纳闷，忙问："这些天怎么啦，怎么这么安静？以前你总是唠叨不停的呀？"

"没什么呀，我只是不想说话！"她沉默了一会儿，小心翼翼地说，"你就从未想过汤罐里到底装着什么吗？"

"汤罐，哦，不，我从来没有想，它里面装什么关我们什么事？"妻子听了又不再说话了。

之后，妻子越来越沉默了，有时一整天一句话也不说，心情也随之越来越忧郁，对食物呢，也越来越挑剔，吃得越来越少，人呢，也消瘦了下去。烧炭人对她十分担忧。

"亲爱的妻子，你到底怎么啦？"烧炭人忍不住说道，"你必须吃点东西，不然你会饿死的。"

"我就是想知道汤罐里有什么，如果不知道，我宁愿挨饿。"妻子激动地说。烧炭人大吃一惊。

"就为这，你茶不思饭不想吗？"烧炭人愤怒地说，你瞧你如今成了什么样子，就为这个汤罐吗？你该知道，如果我们违抗了国王的命令，我们将会被赶出王宫，重回那座破屋挨饿受冻，那种日子你现在还受得了吗？"

"不，不会的，国王十分仁慈，他应该不会因这一件小事为难我们的。再说，我们不必将罐盖全部揭开，只要打开一条小缝隙，就能看清里面有什么。没有人会知道此事的。"妻子说。

男人没吭声，心里很犹豫。是的，这的确是一件很小的、举手之劳的小事，如果能让妻子得到满足，重新开心起来，为何不冒一次险呢。想到这儿，他小心地握住罐盖，极其缓慢地揭开一条缝隙。妻子呢，弯下腰，紧眯着眼睛凑近汤罐往里看。突然，她惊叫了一声，身体往后仰。一只小老鼠从汤罐里跳了出来，要不是她躲得快，小老鼠将直接撞着她的眼睛。小老鼠在屋里乱窜，夫妻俩跟在后面紧追。他们多么想抓住它，将它重新放回汤罐中啊。为了抓住小老鼠，他们撞倒了桌椅，打碎了花瓶，将屋内搞得一片混乱，可他们什么也不顾，眼里只有小老鼠。

就在这时，房间门开了，国王站在门口，小老鼠快速地逃出，从国王脚下跃过，逃向花园。夫妻俩吓得赶紧往桌子下面钻。

"别藏了，快点出来吧！"国王说，"你们要仔细听我的讲话。"

"我知道你要说什么，"丈夫低着头沮丧地说，"小老鼠跑了。"

"我将派士兵护送你们回森林里那座你们曾住的小屋。"国王冷静地说，"钥匙还在你妻子的口袋里吧。"

许多年以后，烧炭人向晚辈讲述了这个故事。孙子们都叹息地说："祖父祖母真的太傻了，要是我能有去王宫享乐的机会多好！我就是死也不会去想知道汤罐里装着什么。"

沃尔特打狼

　　如果你沿着公路走，走不多远，你就会看到一个有深红色木栅栏的房子。栅栏门十分高大，门两旁各有一棵美丽的白蜡树。栅栏里有许多色彩斑斓的伏牛花，每当春风吹来，它们率先盛开，而到了夏天，又结出艳丽诱人的果实。

　　房子的后面有一排高大的白杨树树篱，每当晓风轻拂，就会发出"沙沙"的响声。白杨树的后面有一条小道，小道的另一头就是大森林，森林后面就是一望无垠的世界。

　　房子的另一侧有一个湖，湖后面有一座村庄，村庄的四周是一眼望不到边的农田和牧场。一年四季，要么放眼碧涛翻滚，要么满眼金光灿烂。

　　白色的窗框、整洁的台阶和亮丽的走廊，还有台阶旁修剪得整整齐齐的花草，使整栋房子更加漂亮，令人向往。沃尔特一家就住在这座房子里，有沃尔特的父母、哥哥、姐姐以及三条狗，当然还有沃尔特自己啦。

沃尔特6岁了，到了上学的年龄，还不怎么懂事，也不识字。不过，他也学会了许多事情：翻跟斗、倒立行走、荡秋千、打雪仗、玩球、学公鸡叫……他有时也很调皮，时常惹祸，如撕破衣服、打碎碗盘、打破窗玻璃、随意踩踏花坛里的花草、吃野果拉肚子等，他的小屁股可没少挨打。此外呢，他心肠十分好，可记性太差，前脚父母警告过的事，后脚他又犯，所以不时惹这样或那样的麻烦。

在这里，我要告诉大家一个他勇敢地去打狼的故事，他的勇敢行为真的令我们汗颜。

有一年的晚春时分，沃尔特听说森林有一大群狼出没，他高兴极了，不论是在外同伙伴们玩耍，还是在家同哥哥姐姐游戏，他都表现得非常勇敢，还不停地夸耀说："我可不止能对付一只狼，我至少能同时对付四只狼。"

每当沃尔特同他的伙伴摔跤时，他会用拳头打他们的后背，此时他会骄傲地说："瞧，这是我教训狼的方法。"当他用竹箭射比他大一点的乔尼斯时，也会自夸："如果你是只狼，我就这样用箭射死你。"

大多数人认为这个看起来非常勇敢的小孩纯属吹牛，但瞧他说得那么认真，那么眉飞色舞，因而有不少小伙伴相信他。特别是乔尼斯和一直崇拜他的丽娜，常对别人夸他："看，那就是能打狼的沃尔特，他可真勇敢，一人能打四只狼。"

当然，最相信此事的无疑是沃尔特自己。有一天，他下定决心真的出去打狼。他带上自己的那只小皮鼓，鼓面有几个破洞，是他在一次摘野果站在上面弄破的。他还带了一把马刀，尽管刀刃有些钝，那是他曾经用它在灌木丛中开路时磨钝的，那时他意气风发，对自己过人的能力更是自信得没法形容。此外，他还不忘带上竹弓箭、玩具气枪，总之将自己全副武装起来。他还特地用木炭给自己添上胡须，并在帽子上插了一根红色的鸡羽毛，看上去威武极了。真可说是武装到了牙齿。

出门时，恰巧碰到乔尼斯赶着一辆马车送谷物到磨坊。于是，他上了车，同他一起出去了。沃尔特家的小狗卡罗偷偷地跟在他们后面。

刚进森林时，沃尔特就变得十分小心，不停地向四周观察，看看附近的灌木丛里是否有狼。当然，他还询问过乔尼斯，狼是不是怕鼓声。乔尼斯说狼当然怕鼓声，于是，一路上沃尔特不停地敲打着他的鼓。

一到磨坊，性急的沃尔特急忙问磨坊老板附近丛林里有没有狼。"有啊！当然有狼！"磨坊老板说，"昨晚，我们这儿有只大肥羊被狼叼走吃了，就在前面不远的那个窑洞里。"

"哦！"沃尔特说，"有很多只狼吗？"

"这我们就不清楚了。"老板说。

"哦！没关系，我只是随口问问，"沃尔特说，"就是考虑是否要带你一起去打狼。对付三只狼，我一人就足够了。如果狼太多的话，我怕来不及将它们一一追捕，它们早就逃得无影无踪了。"

"沃尔特，要是我，就一人前去，那样才显得更有英雄气概。"乔尼斯说。

"不！你最好随我一起去，有可能狼很多。"沃尔特坚持说。

"不行，我没空陪你去。"乔尼斯说，"我肯定，最多不超过三只狼，沃尔特，你一人完全能对付。"

"是的，"沃尔特说，"我一人当然能对付。可是，万一有只狼绕到我背后偷袭我，乔尼斯，我就很难把它们全部杀死了。要是只有两只狼就好对付了，那样我就能一手捉住一只，把它们摔在地上，用力摇晕它们，就像苏珊姐那次摔我一样。"

"我肯定不超过两只狼，"乔尼斯说，"狼每次出来吃小孩和羊时绝对没有超过两只。没有我，沃尔特，你也能完全摁住它们，用力摇晕它们。"

"可是，如果有只狼跑到我身后，乔尼斯，"沃尔特说，"它还是会从背后咬我的，它不仅会咬破我的新裤子，还会咬伤我的腿。再说，我的左手没有右手有力。你最好随我一起去，拿根木棍以防真的碰到两只狼。要是只有一只狼，我就能双手抓住它，摔它个四脚朝天，并死死地摁住它。"

"让我再想一下，哦，听我说，"乔尼斯说，"我可以断定只有一只狼，两只狼怎么可能只叼走一只羊呢？所以，你完全不用担心。"

"即便只有一只狼，你也应该随我去，乔尼斯，"沃尔特说，"虽说我应付一只狼绰绰有余，可我对狼还很陌生，况且它会咬破我的新裤子的。"

"够了，沃尔特，"乔尼斯说，"现在我觉得你一点儿也不像之前说的那么勇敢了。一开始，你说能杀死四只狼，然后变成了三只，之后又变成了两只，现在只有一只狼，你还需要找人帮忙。你认为，如果这样的事发生，人们是不是会认为你压根儿就是一个胆小鬼呢？"

"不，我才不是胆小鬼呢，"沃尔特急忙说，"我可一点儿也不怕，只是觉得两人更有意思，有你在一边见证我亲手杀死一只狼，人们会更加相信我。"

"这好说，你可以带磨坊老板的女儿丽娜去呀，她是你的粉丝，可崇拜你了，正好让她为你见证。"乔尼斯说。

"不！她年纪小，胆子小，会害怕的。"沃尔特说，"不管怎么说，我也不能带一个小姑娘去打狼呀！你随我去吧，我会将整张狼皮送给你，自己只留下狼耳朵和尾巴。"

"谢谢你的美意！"乔尼斯说，"我终于明白了，你压根儿就是一个胆小鬼，太令我失望了。"

这句话如针一样刺中沃尔特的自尊心，也激发了他的勇气，他气愤地说："我会证明给你看的，我绝不是胆小鬼。"说完，携带他的全部武装独自向森林深处走去。

太阳渐渐落山，金色的暮光洒在森林里，森林的黄昏美丽如画，返巢的鸟儿在枝头尽情地欢歌，它们似乎在为沃尔特唱赞歌——他实在是太勇敢了。

一路上，沃尔特十分谨慎，小心翼翼慢步向前，不时环顾四周。要知道，可恶的狼说不定就藏在某块石头后面，而且不远处的小沟里有东西在移动，说不定就是狼呢。

"我得敲起战鼓，去那边看一下。"沃尔特心想。

咚！咚！咚！他使劲地敲打着那张鼓向小沟靠近。突然，一阵呱呱声，一只乌鸦从沟里飞了出来。沃尔特像战胜了狼一样，顿时勇敢了许多。

"多亏了这只鼓，既能助威，又能驱敌，太棒了！"他心里坦然了许多，勇敢地向那个窑洞走去。终于来到了窑洞。可越往前走，沃尔特心里越觉得那个窑洞可怕。黑乎乎的、残破的窑洞是那么阴森，谁知道里面躲着多少只狼，也许那只吃公羊的狼正蹲在一个黑暗的角落盯着他，随时有可能扑向他。四周静悄悄的，除了他自己，没有任何一个人影。沃尔特越看越觉得那个窑洞可怕，心里不停地想：他会不会在天黑之前就成为狼的美食。越想心里越害怕。

"我是不是马上返回去，跟大家说我痛揍了那只狼，遗憾的是，还是让它逃掉了？"沃尔特想。"哦，不！我怎么能撒谎呢，对上帝和人类来说，撒谎是世间最大的罪恶之一，是罪恶的根源啊。况且，如若我今天撒谎，明天就有可能被狼吃掉。"

"不，我不能撒谎，我要勇敢向前，到窑洞去。"想到这儿，他把战鼓敲得更响，勇敢地向窑洞走去，再也没有停下。他来到公羊被吃的地方，地上还有一摊血和许多羊毛。

眼前的景象吓住了小沃尔特。

"羊被吃时，它会想些什么呢？"沃尔特想，身体禁不住打了一个寒战，一股冷气直从脚底蹿到头顶。

"还是敲鼓壮威吧。"他又猛敲那只鼓。可是越敲他越觉得鼓声阴森恐怖，就像从窑洞里传来的狼嗥声。沃尔特的双手渐渐变得僵硬，仿佛看到了一只狼正向他走来！

不错，一只毛茸茸的狼头从窑洞的洞口探了出来！沃尔特的预感不错。勇敢的，号称一人能对付四只狼的沃尔特，此刻会做什么呢？他会上前用刀、用箭或用双手杀死那只狼吗？不，他没有，而是迅速扔掉手中的鼓和鼓槌，没命地往磨坊跑。

不好，狼追了上来，离他仅几步远，死亡的恐惧占据了他的脑海，他什么也听不到，什么也看不到，什么也不去想了，只是没命地跑，越跑越快。他飞速穿过树丛，跃过石头，跳过小沟，蹚过小溪，并扔掉了全部武器，只顾逃命。不幸发生了，跑得飞快的他在草丛里绊了一跤，跌倒在地，狼扑向了他……

这真是一个可悲的故事！大家也许认为沃尔特的冒险故事就此结束了吧。不，没有。事情并没有你们想的那样糟糕。那只狼没有咬沃尔特，它的确扑上他，却只是咬着他的衣服，用力拉了拉，还用鼻子不停地蹭他的脸，它是一只友好的狼。不过，这一切还是把沃尔特吓得半死，他拼命地大声呼喊。

乔尼斯听到了他的喊声，因为沃尔特摔倒的地方已离磨坊不远了。他循声跑了过去，拉起趴在地上的沃尔特。

"怎么回事？"乔尼斯问，"为什么要这么可怕地喊？"

"狼！狼！"沃尔特惊恐地喊道，他早已吓得丢了魂。

"哪儿有狼？"乔尼斯纳闷地问道，"我怎么一只狼也看不到。"

"小心，狼就在这里，它刚才还咬了我呢。"沃尔特上气不接下气地说。

乔尼斯立即明白了，笑弯了腰，腰带差点被绷断。

沃尔特口中的狼就是他家的小狗卡罗，它是沃尔特的好朋友，跟他寸步不离。那位一只手就能捉住四只狼、能将狼摔在地上、死死摁住的英雄沃尔特，居然被自己家的狗吓得屁滚尿流，你们说好不好笑。原来，卡罗一直跟着沃尔特。它跑进了窑洞，在那儿啃着一根骨头。当它听到主人的鼓声，就跑了出来。主人跑，它当然紧跟着他跑，平时他们一直这样游戏呀。

"卡罗，快蹲下，看你把我们的大英雄吓成什么样了，你可要向他道歉。"乔尼斯挖苦地说。

沃尔特也明白了一切，既懊恼又羞愧，样子滑稽可笑。不过，他依然不改喜欢吹牛的本性。

"要是卡罗是只狼，我一定早杀了它。"他似乎又重整雄风了。

"少吹点牛吧，沃尔特，我劝你多做点实事，"乔尼斯说，"日后你定能成为一个勇敢者。"

"当然，我本来就很勇敢！乔尼斯，你等着瞧吧，下次如果碰到的是只大灰熊，我也不会退缩的，也会勇敢地和它搏斗。"

"是吗？你还想再冒险一次吗？请记住，只有懦夫才说诳语，英雄从不吹嘘自己的伟绩。"

爱玩的国王

伊塞拉德是位爱玩的王子，年轻的他一继承王位，心里首先想的是，如何让自己玩得更痛快。以前的各种曾给他带来无限快乐的游戏，如今已丝毫提不起他的兴趣了，他想玩一些新奇的、从未玩过的游戏。

没多久，他脸上又露出了久违的迷人的笑容。"好了，我终于知道玩什么了，"他说，"我要去找格鲁加克玩牌。"格鲁加克是谁？他是一个精灵，满肚子坏水，十分邪恶，他有一头漂亮的红棕色的卷发，就住在王宫附近的森林里。

国王虽说年轻，性格也有些急躁，但他也很精明，做事也非常谨慎。他清楚地记得父王临终前的告诫，同那些被人们称为"仙人"的精灵打交道时一定要特别小心。于是，在出去拜会格鲁加克之前，他特请来一位远近闻名的巫师。

"我想去找那个一头红色卷发的格鲁加克玩牌。"国王说。

"您不会真的去找他吧，"巫师说，"要玩牌，我建议您找其他人玩。"

"不！我就是要跟格鲁加克玩。"国王说。

"看来，陛下您下定了决心要这么做了，我不再阻止您，"巫师说，"我有一个要求请您一定采纳，假如您赢了他，请他把那位容貌丑陋的短发姑娘作为奖品给你，她应该就站在门后。"

"好的，我答应你。"国王愉快地回答。

第二天太阳尚未升起，国王赶往格鲁加克的住处，见到他正在门外坐着。

"哦，陛下，今天什么风把您吹到我这儿了？"格鲁加克惊奇地问，"很荣幸您的光临，我诚恳地欢迎您的到来。如果您有空多待一会儿，我们打会儿牌，那就更好了。"

"我就是为此而来的。"国王说。于是，他俩开始玩牌，双方互有输赢。不过总体来说还是国王技高一筹，最终获胜。

"陛下，您的牌打得太好了，您想从我这儿得到什么奖品呢？"格鲁加克问。

"我想要门口那位短发姑娘。"国王谨记巫师的话。

"为什么？我这儿可有20个姑娘，个个都比门口的那个漂亮。"格鲁加克加吃惊地说。他还特地进屋，让她们出来——从国王面前经过。

她们有高的、矮的、胖的、瘦的、金发碧眼的、黑发黑眼的、白皮肤的、黑皮肤的，每位经过国王跟前时还温柔地说："陛下，我就是您要的女人，您选择我吧。"

国王不为所动，心中牢记巫师的叮嘱。最后，那个丑陋的短发姑娘走了过来，她是那么丑，绝大多数男人都不想看她第二眼。国王却上前牵住她的手说："您是我一生要找的女人，我们就在此举行婚礼，然后随我回宫。"

国王和那个丑陋的姑娘举行了简短的婚礼后，便启程回宫。途中，他们经过一个牧场，新娘下车弯腰在草丛中摘了一株三叶草。当她重新站起时，突然变成了另外一个人，她的美丽胜过国王之前见过的任何女子。

国王还沉浸在玩牌的快乐中，第二天天未亮就起来了，对美丽的王后说，他今天还要去和格鲁加克打牌。

"如果今天你又赢了的话，"王后说，"你请求他要那匹毛发杂乱不堪、毛皮多处开裂，配着一个木马鞍的小马作为奖品。"

"好的，我会牢记你的话。"国王回答说，随后吻别王后出发了。

"对新娘还满意吗？"见到国王，站在门口的格鲁加克迎上去热切地问。

"当然，十分满意。"国王说，"我们今天继续打牌吗？"

"当然要打牌。"格鲁加克回答说。于是，他们打起牌来。一天下来，也是互有输赢。不过，最后还是国王赢的次数多。

"陛下，您今天想要什么奖品呢？"格鲁加克无奈地问。

"我要那匹毛发杂乱不堪，毛皮多处开裂，配着一个木马鞍的小马。"国王回答说。

格鲁加克显得很不情愿，不过他还是将小马牵了出来，只是脸色非常难看。那匹马鬃毛十分杂乱、粗糙，毛色也十分暗淡，棕色的皮肤上有多个裂口，背上配有一个简陋的木马鞍。国王可不管格鲁加克的不情愿表情，更不在乎马的外形，他迅速地跨上马。小马风驰电掣般载着国王飞奔回去。

第三天一大早，国王又早早起来了，与王后共进早餐后，他又准备去找格鲁加克打牌。

王后劝阻他说："不要再去找格鲁加克玩牌了，打牌有输有赢，您已经赢了两次，再玩你会输的，如果你输了，他会给你带来大麻烦的。"

"哦！我今天就和他玩最后一次，"国王毫不在意地大声说，"就这一次。"说完，他就去格鲁加克家。

看到国王再次到来，格鲁加克别提有多高兴了。玩牌过程中，不知何故，这天国王不仅手气不佳，牌技也大失水准，不用说，一天下来，他赢少输多，最后输了，输得很惨。

"你想要什么奖品直说吧，"国王表情沮丧地说，"不过你提的要求别太过分，让我没法办到。"

格鲁加克慢条斯理地一字一句地说："我要的奖品是橡木窗国王那把远近闻名的光剑，它就挂在他卧室的床头上。要是你不能将那把剑取来，就让那个短发的家伙取下你的脑袋送到我这儿。"

"我会将光剑取来的。"年轻的国王坚定地说，然后转身离开。当确信格鲁加克再也看不到他时，国王放慢了脚步。刚才的勇气早已荡然无存，他面如死灰，拖着沉重的双腿缓缓走去。

站在台阶上一直等待的王后看到国王回来，忙上前迎接。她见国王空手而归，忙说："今天晚上没带任何战利品回来？"

她是那么美丽，以致国王强露笑容，想装着若无其事的样子。可一想到格鲁加克所要的奖品和他阴毒的言语，就再也笑不出来，脸色又堆满了悲哀。

"怎么啦？出了什么不幸的事？告诉我你遇到了什么麻烦，因何忧虑，也许我能为您排忧解难。"王后关切地说。于是，国王一五一十地把事情的经过说了一遍。王后边听边亲抚国王的头发。

"您不用为此事担忧，"王后镇静地说，"您拥有世上最美最聪明的妻子和最好的马，只要您按我说的话去做，一切都会变好的。"听了王后的话，国王紧绷的心弦放松了许多。

第二天，国王还在熟睡时，美丽的王后就早早起来了。她来到马厩，给那匹国王从格鲁加克那儿赢回的小马添料加水，让它吃饱喝足后，再装好马鞍。大多数人都以为这个木马鞍是纯木做的，其实不是，如果他们仔细看，会看到在木条的下面隐约闪烁着的金银的光芒。备好马鞍后，她把马牵到房屋台阶下，此时国王已在那里等候。

"祝您一路好运，马到成功。"王后说。待国王上马后，她特地上前亲吻他的脸颊。"不用我吩咐你做什么事了，这匹马会一路提醒你怎么做的，你一定要听从它的安排。"

说完，王后与国王挥手告别。国王出发了，他胯下的那匹马跑得比风还要快。它径直向前冲，从未停下，也绝不东张西望或回头。天渐黑的时候，他们来到了橡木窗国王所住的城堡。

"目的地到了。"小马说，"在橡木窗国王的卧室里，你能看到那把光剑。如果您进去时十分小心，不发出

声响，那将是一个好兆头，您将顺利地拿到那把光剑。橡木窗国王此时正在餐厅里享用晚餐，走廊和卧室里都没有人，没有人会发现你的。记住，你要抓住剑一端的那个圆形把手，小心地将它拔出。快去吧！我就在卧室的窗下等你。"

国王沿着无人看守的走廊悄悄溜进橡木窗国王的卧室，一路上他十分小心谨慎，不时环顾四周，动作十分轻盈，几乎听不到任何声响。

一进卧室，一道耀眼的白光刺来，他知道那是光剑发出的。他踮着脚穿过房间，将手伸进光剑的圆形把手之中，握紧把手，缓缓地将剑往外拔。他屏住了呼吸，唯恐发出声响，惊动城堡的人，那样的话，他们会赶过来抓住他。剑一点点脱离剑鞘，终于被悄无声息地拔了出来。突然，剑尖碰了一下摇摆的剑鞘，发出清脆的，如刀叉碰到银质餐具的声响。国王心里一惊，光剑差点儿脱手掉下。

"快！快！快从窗户跳下来！"小马在下面听到响声后急忙喊道。国王应声跳出窗户，落在马鞍上。

"他们已听到响声了，肯定会追来的，"小马说，"还好，我们比他们抢先一步。"说完，它拔腿往回狂奔，连风都被他们甩在了身后。

跑了好一阵后，小马放缓了脚步，"看看城堡的人有没有追上来。"国王回头看了一下说，"有一群棕色的马在后面拼命地追。"

"我们比他们跑得快。"小马说完，又拔腿狂奔。

"陛下，你再回头看一下，现在还有谁在后面追我们。"

小马说。

"有一群黑色的马在我们后面，其中有匹马很奇怪，它的脸是白色的，不过马背上的人我认识，就是橡木窗国王。"

"那匹马是我的哥哥，它跑得比我要快。"小马说，"他们很快会追上来的。现在，你要紧握光剑，随时做好战斗的准备。等他们超过我们的时候，橡木窗国王会勒住马，回头看我们。此时，你要迅速上前，用这把光剑将他的头砍下来。这个世上，只有这把光剑才能砍掉橡木窗国王的脑袋，其他的剑都不能伤害到他。"

"我一定照你的话做。"国王坚定地回答，然后竖起双耳，聆听后面的马蹄声。确定那匹白脸的黑马即将超过他们的时候，他紧握光剑，双眼直视前方。

一阵如雷电狂作的轰隆声由远及近，越过他们。年轻的国王目光直盯黑马背上的橡木窗国王，没等他回头看清一切，就冲上去挥剑砍去，也不知是否砍中了要害。所幸的是，一个脑袋从马上滚落下来，迅速被他骑的小棕马用嘴咬住。

"你快跳到黑马的背上去，用最短的时间回家，我会紧紧跟着你们的。"小马喊道。

国王赶忙飞身跃起，跳到黑马背上。可能是黑马速度太快，他没落在马鞍上，而是坐在黑马屁股上，随即摔了下去。他一手紧握马鞍，一手紧抓鬃毛，尽全力将自己往马鞍上挪。还好，他终于将自己挪到了马鞍上。

天渐渐地亮了，东方已露出红色的朝霞，国王终于回到了家。美丽的王后一宿未眠，焦急地等他归来。看到国王平安归来，王后悬着的心终于放下，她连忙扶国王上床，不多说一句话，然后拿起竖琴，边弹边唱国王最爱听的歌谣，直至他在床上沉沉地睡去。

直到第二天中午，国王才醒过来。他连忙爬起来说："我现在就去见格鲁加克，将光剑给他。"

"不，你千万要小心，"王后说，"他不会再像以前那样对你笑脸相迎了，看到你，他会急匆匆地责问你是否拿到了那把光剑。你要回答，拿到了。他接着会问你是怎么拿到的。你一定回答说，若不是那个圆形把手，你根本不可能拿到光剑。然后，他会全神贯注盯着圆形把手。这时，你要用光剑对准他脖子下方的那颗黑痣刺下去，记住，你一定要刺中它，否则你我肯定会被他杀死。他是橡木窗国王的弟弟，知道你一定杀了他，不然你不会得到这把光剑。"说完，王后亲吻了国王一下，祝他一切顺利，快去快回。

"拿到那把光剑了吗？"格鲁加克见到国王后急匆匆地问。

"当然拿到了。"

"快说，你是怎样拿到它的。"

"若不是那个圆形把手，我不可能拿到它。"国王镇静地回答。

"好了，快把剑给我，我要好好看看。"格鲁加克边说边将头伸过来，眼睛死死盯着光剑上的圆形把手。国王闪电般拔出光剑，对准那颗黑痣用力刺了过去，正中目标。格鲁加克扑通一声栽倒在地上死了。

国王长舒了口气，心里想，"终于安全了，可以过太平日子了。"

可是，这回他错了。

回到家，他看到侍卫和用人成双结队地背对背绑在一起，嘴里还塞着衣服，无法言语。国王赶紧解开他们问怎么回事。

侍卫说："您刚出门，就来了一个巨人，将我们一个个打倒，绑了起来，就像你刚才看到的。之后，他掠走了王后和您带回的两匹马。"

"我一定杀了可恶的巨人，救回王后和两匹马，否则，我死不瞑目。"国王怒气冲冲地说。说完，他顺着地上马蹄的足迹追了出去，一直追到森林里，这时天完全黑了下来。

"我得先在此睡一晚，"他心里想，"但是我先得生堆火。"地上有许多散落的枯树枝，他很快捡了一大堆，然后一手拿一根木柴，使劲地相互摩擦，直至擦出的火星将木柴点燃。

树枝不断发出噼里啪啦的声响，火苗也由红变蓝，越烧越旺。一只瘦得皮包骨的黄色小狗不知从哪里钻出来的，跑到国王跟前，将头靠在他的腿上。国王亲抚着小狗的头。

"汪！汪！"小黄狗开口说，"今天上午，王后和两匹马被巨人押着，就是从这儿过去的，他们的表情十分痛苦。"

"我就是赶来救她们的。"国王说。突然，他觉得自己十分虚弱，似乎再没有力气继续前行了。

"我肯定打不过巨人的。"国王伤心地哭了起来，脸色发白几乎没有一点儿血色。他看着瘦弱的小狗说，"我心里好害怕，我好想回家。"

小黄狗安慰他说："不！别说这些丧气的话。你先吃点东西，睡上一觉。我在旁边守护着你。"于是，国王吃了晚餐，随后躺下来，一觉睡到第二天太阳耀眼的光芒照在他脸上，他才醒来。

"你该出发了，"小黄狗说，"路上有危险，就喊我的名字，我会帮你的。"

"嗯，再见！"国王说，"我永远感激你的帮助。"

于是，他继续往前走，走了很久很久，一直走到一个高耸的悬崖下面。地上到处是散落的枯枝和枯萎的落叶。

"天快黑了，"他想，"我还是生一堆火，在此休息一晚。"于是，他像昨晚那样生火。当火苗越烧越旺的时候，一只灰色的老鹰从山崖上飞了下来，栖息在他旁边的大树上。

"今天上午，王后和两匹马被巨人押着，就是从这儿过去的，他们的表情十分痛苦。"老鹰说。

"我可能永远也见不到他们了，"国王悲哀地说，"一切努力都不管用的，我什么也改变不了。"

"别那么灰心，"老鹰说，"事情也许没你想的那样糟。你还是先吃晚餐吧，然后好好睡上一觉，我会在这儿替你守护的。"国王按照老鹰的话做了。第二天醒来，他浑身又充满了力量，勇气倍增。

"再见！"老鹰说，"如遇上危险，记得叫我，我会立即出现来帮你的。"

国王又启程了。他不停地走，直到天色完全黑了下来，他来到了一条大河边。河岸都是树林，于是，他又生了一堆火。火苗烧得正旺时，他看到河里有一个光秃秃的脑袋冒出水面，后面还拖一条长长的尾巴，那是一只水獭。

"今天上午，王后和两匹马被巨人押着，就是从这儿过去的，他们的表情十分痛苦。"水獭说。

"我正在四处寻找他们，可一直没有找到。"国王说，"也许我无论多努力地寻找，还是不会找到他们。"

"别那么悲观。"水獭说，"不到明日中午，你将会找到王后的。现在，你还是吃点东西，好好地睡一觉吧！放心，我会在一旁守护你的。"

国王照水獭的话做了。第二天太阳一出来，他就起来了，看见水獭正懒洋洋地躺在岸边晒太阳。

"再见！"水獭说，"如果遇上危险就叫我，我会及时出现帮助你的。"说完，它就跳入水中不见了。

国王继续前行，走了好几个小时，来到一块非常高大的岩石上方。这块巨石因一次地震而被从中劈为两半，中间就是很深很深的山谷。他趴在地上，顺着岩石的边缘看下方的山谷，看到王后和两匹马就在那里。

国王的心激动得剧烈地跳动，再没有一丝一毫的畏惧。不过，他可不能性急，要知道巨石的边缘十分光滑，就连山羊也无法站稳。于是，国王只能往回走，想沿着岩石的下方绕到山谷。他穿过树林，蹚过小溪，爬过山坡，终于来到岩石下方的山谷。

见到国王，王后高兴地大喊大叫起来，但很快，伤心的泪水又涌了出来，她又累又怕。经过长途跋涉，一路翻山越岭，国王不仅十分疲惫，更是浑身是伤，情绪也十分低落。

国王不理解妻子为何哭泣，埋怨说："我为了寻找你们，差点儿丢了性命，你却对我一点儿也不热情。"他真的不知妻子更多是为了担心他而哭泣。

"别在意国王的埋怨，王后，"两匹马对王后说，"快把他藏在我们中间，这样他就不会被巨人发现，再给他吃点东西，他太累了。"王后赶紧按照马儿说的话做了。国王吃过东西，躺在他们中间，蜷缩着睡着了。

不久，一个巨大的阴影笼罩在山谷里，他们的心紧张得怦怦直跳，不用说，是巨人回来了。

"我闻到这儿有生人的气息。"巨人一走进山谷就喊了起来。山谷本来就暗，在巨人巨大的影子下就更暗了，他当然没有发现蜷缩在两匹马中间的国王。

"生人，我的天啦！这儿还有生人能来，就是太阳也不曾光顾这里呀。"王后装着吃惊地说，并笑着走到巨人身边，抚摸他垂下来的一只巨手。

"当然，我也没看到什么，只是感到有些奇怪。"巨人说，"不过，现在是喂马的时间了。"说着，他从头上方的山岩里抱出一捆干草向马走去。

当巨人把干草递到马嘴时，两匹马就同时张开大嘴咬巨人的手。马不停地咬，还围着巨人不停地用马蹄踢，巨人疼得大声尖叫，那声音即使离山谷之外十里都能听得十分清楚。马儿对巨人又咬又踢，直至累得不能动弹为止。巨人遍体鳞伤，哭喊着爬到一个角落，蜷缩着身体，不停地颤抖。

王后走过去假装安慰他："太悲惨了！太悲惨了！它们可能发疯了，太难伺候了。"

"还好，我的灵魂不在身上，要不然，肯定死在这两匹疯马手里了。"巨人呻吟着说。

"那你真的太幸运了。"王后说，"能告诉我，你的灵魂在哪儿吗？我以后可替你照顾它。"

"在上面，就是那块大石头上。"巨人用手指着上面的一块底部不太稳，一直摇摇晃晃的大石头说。

"别来烦我，我累了，现在要睡觉了，明天我要到很远的地方去办事呢。"说完，巨人躺在角落睡着了，不久鼾声如雷。

王后听到鼾声也睡了，她也累了，马儿也躺下睡了。国王夹在两匹马中间很安全。

天刚亮，巨人就起来出去了。他一走，王后就爬到上方巨人所指的那块石头下方，用力地摇石头。可是摇着摇着，石头竟稳定了，王后再怎么用劲也摇不动了。

很晚，巨人才回来。一见巨人的影子，国王就跑到两匹马中间躺了起来。巨人发现那块石头被移动过，就问王后："天啊，你移动过那块石头吗？"

"我怕它掉下来，如果那样，你的灵魂也跟着遭殃。"王后说。

"我的灵魂不在那儿，"巨人说，"它在门槛里。唉，又到了喂马的时间了。"他又从上方的岩洞里抱出一捆干草去喂马。两匹马像前一天一样，对他又咬又踢，直把他弄得死去活来，躺在地上不动了才停住。

第二天一大早，巨人就出去了。他一出门，王后立即跑到洞口，她用尽全身的力气去清洗门槛，将那些石头擦了又擦，就连石缝里的小草、苔藓也清除得一干二净，她以为巨人的灵魂就在那里。

　　天黑了，巨人回来了，看到光洁的门槛就问："你清理过门槛吗？"

　　"我想看你的灵魂是否还在里面，我这样做不对吗？"

　　"我的灵魂不在门槛里。"巨人说。

　　"门槛的下方有一块石板，石板下面有一只羊，羊肚子里有一只鸭子，鸭的肚子里有一只蛋，蛋里就住着我的灵魂。天黑了，我要去喂马了。"巨人去抱草喂马，结果像前两天一样，被两匹马又咬又踢，弄得浑身是伤。如果不是灵魂不在身上，他早就被两匹马活活踢死了。

　　第三天早晨，巨人又一早起来出门了。他一走远，国王和王后就跑到洞口撬开门槛，两匹马在旁守着。果然如巨人所说，门槛下面有一块石板。他们又拖又拽，奋力搬开那块石板。突然，有个东西蹦了出来，差点撞到他们。待他们看清是只羊时，羊已经跑得不见踪影。

　　"要是树林里的那条小黄狗在就好了，它能很快地抓住那只羊。"国王说。话声未落，那条小黄狗就从树林里冲了出来，嘴里叼着那只逃走的羊。他们剖开了羊的肚子，还没有看清里面有什么，一只野鸭拍打着翅膀飞了出来。

　　"要是山岩上的那只灰鹰在就好了，它能很快地抓住那只鸭子。"国王大声喊道。

　　话音刚落，那只灰鹰就飞到了他们头顶，在上空盘旋，嘴里叼着那只飞走的鸭子。他们终于在鸭子的肚子里找到一只蛋，可能是国王太高兴了，一不留神，蛋从手中滑落，顺着山坡，瞬间滚到下方的大河里不见了。

　　"要是河里出现那只水獭就好了，他能迅速地捞起那只蛋。"国王大声喊道。话音刚落，水獭就钻出水面，嘴里正含着那只蛋。

突然，在水獭的旁边，出现了一个巨大的身影，正缓缓向水獭靠近。不好，是巨人回来了。

国王吓傻了，呆若木鸡，一动也不动。这时，王后迅速冲向河里，从水獭口中取蛋后，双手使劲地挤压，终于把它挤得粉碎。这时，那个巨大的影子，也渐渐缩小，最后消失不见了。巨人灵魂已被王后捏碎，再也不能复原了。

第二天，国王和王后一人骑着一匹马兴高采烈地回家了。在回家的路上，他们还特地拜访了他们的朋友——棕色的水獭、灰鹰和瘦弱的小黄狗。

三顶王冠

很久以前有一个国王，他有三个漂亮的女儿，大女儿和二女儿性格孤傲，喜欢争强好胜，常为一些琐事争得不可开交；小女儿性格温顺，十分机智，很讨人喜欢。

有三位王子远道来求婚。古话说得好，物以类聚，人以群分，不是一家人，不进同一门。这不，两位年纪大点儿的王子性格就跟两个大点的公主很相似，他们很快打得火热；而第三位年纪最小的王子呢，正好与小公主一样，他们也彼此倾心。

一天，国王领着他们去湖边。路上，碰到一个穿得破乱不堪的乞丐向他们乞讨。国王十分讨厌乞丐，理都没有理他，更别说施舍什么东西了；两位大点的公主和她们的心上人也一样；只有小公主和她的心上人十分同情他，送给他好多东西，还安慰他。

他们来到了湖边，看到岸边停靠着一艘很华丽的船，可以这么说，他们以前从未见过这么华丽的船。

大公主说："我要乘这艘华丽的船到湖上游玩。"说着，她抢先上了船。

二公主也说："我要乘这艘华丽的船到湖上游玩。"她不甘示弱，也上了船。机智的小公主则说："我不想乘这么华丽的船去游玩，它可能被施了魔法，不然不会那么华丽。"她停住脚步，不想上船。但在众人的劝说下，她还是上了船。

国王和三位王子正欲紧随小公主之后上船时，突然，一个不到一尺高的小矮人跳上甲板，拦在他们面前，让他们退回去。四个男人立即去拔身上的佩剑，却无法拔出来，因为他们的四肢不听使唤了，一丝一毫的力气也使不出来。此时，即便是玩具剑，他们都举不起来了。

小矮人解开银质的锁链，将船推离湖岸。他站在船头，冲岸上的四人喊道："你们别担心，公主们只是暂时和你们分别。"最后，他还特地对小公主的心上人说，"小公主不久就会回到你身边，你们将永远幸福快乐地生活，就像太阳和月亮永远都在天上。只有那些心术不正、贪婪的人，即使挖空心思去追逐财富，也不会长久富贵的。再见啦！"说完，他将船划远。船上，三位公主也如雕像般呆立着，都举着手臂，既不能挥动，也放不下来，一句话也不能说。

小矮人将船划到了湖对岸，停好后，将三位公主扶下船，来到一个井边，用一个大竹篮，将公主一个个吊入井中。没有人知道这口井是何时出现的，反正这之前，人们在此游玩时，都没人见过这儿有口井。当排在最后的小公主消失在井口的时候，国王和王子们全身一震，四肢又充满了活力。他们绕着湖

堤来到那口井旁。井口的上方有一个辘轳，绞盘上缠着一根很
长很长的麻绳，麻绳的下端吊着一个漂亮的白色竹篮。

"快让我下去，"最小的王子说，"即使丢掉性命，我也
要将三位公主救出来。"

"不，让我先下去，"二公主的心上人说。

"别争了，我最大，理应我先下去。"最大的王子说。于
是，他争取到了先下去的权利。竹篮被放下五百码左右，绳子
才松动。此时，上面的人早已无法看清竹篮。他们在上面等，
等了两个多小时，依然没人拽动绳子。他们只能回去，并派士
兵轮流守在井口，保证时刻有人守候井口边。

可是直到第二天早晨，井下依然没有什么动静。于是，他
们把二王子放了下去，结果和大王子一样。第三天一大早，小王
子叫士兵将自己放了下去。竹篮不停下降，四周漆黑，小王子感
觉自己被锁在一个密罐里。终于，小王子看到下面出现了一丝亮

光，光线越来越亮，很快，小王子来到井底，他着陆了。

原来井底是一个巨大的石灰窑。小王子好不容易才从里面走出，来到窑洞外。外面碧空如洗，有茂密的树林，翠绿的农田，绿油的草地，哦，草地上还有一座漂亮的城堡。小王子不相信自己的双眼，心想：我该不会到了传说中的天堂岛了吧。我要到城堡里看看，看里面住着什么人，问他们是否见过三位姑娘和二位男子。想到此，他快速向城堡走去。

农田和草地上空无一人，城堡的门也敞开着，小王子可以说一路畅通无阻。进了城堡，小王子一个又一个房间找，还是不见一人。城堡的房间一间比一间漂亮，一间比一间豪华，一间比一间大。最后，小王子来到那个最大、最豪华、最漂亮的房间。房间的中央摆着一张漂亮的桌子，桌子上摆满了丰富的、散发着诱人香气的食物。尽管小王子早已又困又乏又饿，可他还是克制自己要有礼貌，没有主人的招呼，他不能随意动房间里的一切。可是太累了，他在壁炉旁席地而坐，想休息一会儿再去找公主她们。

突然，他听到外面传来了急促的脚步声，惊得立即爬起来，只见小矮人带着小公主进来了。小王子迎了上去，和小公主热烈地拥抱在一起。

小矮人问："你怎么不吃桌上的食物，你不饿吗？"

小王子说："先生，没有您的邀请，就擅自动用您的食物，很不礼貌。"

小矮人说："那两位王子可不这么认为，他们一进来坐下就吃，还不想离开呢。我进来责问他们为何吃我的午餐时，他们不仅不以为然，还骂我不识抬举呢。不过，现在他们感觉不

到饥饿的滋味了。瞧，他们就在那儿，他们失去了肉体变成了
两尊石像了。"小矮人指着墙角里的两个石像说。小王子和小
公主仔细一看，果然像那两个王子，心里充满了恐惧。他俩吓
得一句话也不敢说，乖乖听从小矮人的安排。小矮人分坐在自
己的两边开始进餐。可是面对着两尊石像，两人一点儿也快乐
不起来。

第一天就这样紧张地过去了。第二天一大早，吃过早餐，
小矮人告诉小王子说："你想救另外两位公主，就得向太阳升
起的方向走。如果走得快，你将在天黑之前来到一个城堡，那

里住着一位巨人。在那里，你将见到二公主。当然，那时你肯定也累了饿了，应该在城堡里休息一晚。第三天一早，你必须继续往东走，到晚上就能见到大公主了。你最好把她们都带回这里，当然，你不必请求她们的主人，允许她们离开。如果有一天她们能平安回家，那时的她们应该再也不会歧视穷乞丐了，懂得平等待人了。"

小王子启程向东走去，在夜幕降临的时候来到了第一座巨人城堡。饥饿和疲劳一起袭来，小王子再也走不动了。还好，他很快找到了二公主。二公主见到他当然十分高兴，特地为他做了顿丰富的晚餐。小王子刚准备吃的时候，巨人回来了，二公主急忙将小王子藏在一个壁柜里。巨人进屋这闻闻，那闻闻，然后说："我闻到生肉的味了。"

二公主镇静地说："当然，今天我杀了一头牛。"

"哦！怪不得气味这么重。晚餐准备好了吗？"巨人说。

"准备好了。"

于是，巨人不再追问生肉的气味，开始吃晚餐。他吃了大半头牛肉，喝了几瓶酒，才离开餐桌。不过，他站起来时，虽说头有些晕，但还是说，"我还是感觉有生人的气味。"

"你太累了，该休息了。"二公主说。

"你想好了什么时候嫁给我吗？"巨人又问，"可别让我久等啊，我的耐心有限。"

"在圣蒂布节（北美纽芬兰岛上居民的一个节日，在每年的 12 月 23 日）前夜。"她回答说。

"还得等那么久。"巨人边说边靠着墙坐下，不久就熟睡了。

第二天吃过早餐，巨人就外去了。二公主也赶忙送小王子出发去找大公主。第二天的事情同第一天一样。等巨人熟睡之后，大公主摇醒小王子，两人来到马厩，挑选了两匹最好的马，装上马鞍，骑上马就朝二公主的城堡奔去。可是，马蹄不小心碰撞城堡门前的石狮子，发出巨大的声响，吵醒了巨人，他跨着大步追了上来，边追边大声地喊。小王子和大公主拼命拍打马屁股，马跑得飞快。可是，巨人也不是省油的灯，他追得更快。东方渐白，朝霞正红之时，巨人已经距离跑在后面的小王子不到一百码远了，情形十分危急。此时，小王子迅速勒马转身，从腰间掏出一把短剑，对着巨人一抛，突然，一大片浓密的树林出现在巨人面前。小王子赶紧催马继续向二公主的城堡狂奔，马儿跑得比冬天的狂风还要快。最后，他和大公主来到二公主所在的城堡。此时，她正骑在一匹雄壮的马上，焦急地等待他们到来。

这时，巨人也已经追了上来。他不时发出巨大的怒吼声，那响声就是一百头雄狮齐吼也比不上。而另一位巨人呢，也紧随其后。他们一步步紧逼上来。马儿跑得飞快，他们追得更快。两者的距离越来越近，不到三百码了。突然，小王子勒住马，又从怀里掏出一把短剑，往巨人前方一抛。不到片刻，巨人面前的地面一下子沉陷了下去，出现一条巨大的鸿沟，沟里迅速汇集大量的漆黑的污水。巨人越不过鸿沟，只得绕行，那得多走好远好远的路。当他们绕过鸿沟时，小王子和两位公主已进入小矮人的城堡，再也不怕巨人了。

三姐妹喜极而泣，相拥在一起。可是，当两位公主看到各自的心上人成了石像，眼泪扑簌簌地落下。这时，小矮人进来了，他用小手杖在石像上各点了一下，不一会儿，两尊石像复活了，恢复成和从前一样的两个王子。众人齐欢喜，各自抱着自己的爱人不停亲吻。他们一起共进早餐。

早餐后，小矮人带着他们进入另一间房间，房间里堆满了各种各样的奇珍异宝。不过，最显眼的是房间中央桌子上的三顶王冠。每顶王冠分三层，最下层是铜质的，中间是银质的，最上层是纯金的。他将三顶王冠分别给了三位王子。最后，他慎重地宣布："现在你们可以重新回到井底，摇动绳子，上面等候的士兵就会把你们拉上去的。不过，三位公主，你们要记住，你们各自要保存好心上人给你们的王冠，一定要戴着它在同一天同一地同时举行婚礼。假如你们擅自举行婚礼，或者在举行婚礼时不戴王冠，你们将大祸临头。请记住我最后的告诫吧。"

六人以最大的敬意和感激之情向小矮人告别后，双双牵手向井底走去。走不多远，他们看到一堵高耸入云的墙，墙上遍布翠绿的爬山虎。墙上有一扇不大的圆形拱门，门后就是通向井底的小路。小公主和小王子走在最后，小公主似乎有意放缓了脚步，不久与前面两对落下一段好长的距离。估计前面的人再也听不到他们说话声了，小公主附在心上人耳边说："前面两位王子似乎对你充满了敌意，他们极有可能让你最后上去。那时，你不要坐进竹篮里，你可以在竹篮里放一块大石头，躲在一旁先观察一下会发生什么情况。你给我的那顶王冠，我藏在你的斗篷里了，相信我，我会永远等你回来的。"小王子点了点头。两人加快步伐跟了上去。

进入黑暗的石灰窑，终于来到了井底，找到了竹篮。大公主先坐进竹篮，绳子摇动后，她迅速被拉了上去。紧接着是二公主也被拉了上去。小公主进竹篮之前，特地拥抱了小王子一会儿，还深情地亲吻了他。随后，大王子、二王子也被拉了上去。井底只剩下小王子了，看到竹篮放了下来，他抱了几块大石头放在竹篮里，晃动绳子后，躲在一旁。竹篮不停地上升，大约升到二百码时，突然失控地掉了下来，狠狠地砸在地上，发出巨大的声响。竹篮中的石头摔碎了，竹篮也被石头震得稀巴烂。小王子明白他不可能再上去了，只好转身返回小矮人的城堡。不过，他走遍城堡的每一个角落，却怎么也找不到小矮人。城堡里有世间最好的美酒佳肴，有最柔软最舒适的床，他可以尽情享用。无聊时，他还以在花园和草地里随意走动，或躺着休息，这种日子可以说无忧无虑。可是几天下来，小王子心烦意乱，厌倦这里的一切。他看着花园的花草发呆，心里越发想念心爱的小公主，常问自己她此刻在干什么。

百无聊赖的日子一天天过去了，转眼间，小王子在城堡里待了一个月了。而此时，他依然不知自己该何去何从。一天早晨，他吃过早餐，来到那间堆放着各种奇珍异宝的房间，想看看有什么奇异的珍宝可以打发无聊的时间。突然，他看到有个精致的鼻烟盒放在桌子中央，他觉得有些眼熟，但记不起在哪里见过了。他拿起鼻烟盒，将它打开。突然，他苦苦寻找的小矮人从里面蹦了出来。

"小王子，你这么快就厌倦城堡里的生活了吗？"小矮人说。

"当然，这里虽然有世间少有的美食，可是没有小公主陪在我身边，无聊得很呀。要是小公主在这儿，我又能时常见到你，这日子才过得惬意。"小王子苦笑着说。

"你呀，是时候到上面去了，你待在城堡的时间可不短了，那顶王冠你可要保存好。以后，无论何时想见我，打开鼻烟盒就行了。别总是闷闷不乐的，去花园里散散步吧，你会有好运的。"小矮人安慰地说。

小王子来到花园，沿着一条碎石铺成的小径低头往前走，脑海里混乱如麻。也不知走了多久，当他抬起头时，他大吃一惊，发现自己来到一个熟悉的铁匠铺门前。这儿离王宫不远，他以前常来。不过，这次来时，他衣衫褴褛，没有以前那么光艳了。令他欣慰的是，那顶王冠还在他的斗篷里，虽然斗篷已经破乱不堪，但王冠却完好如新。

铁匠刚好走了出来，见一个衣衫褴褛的年轻人站在门口，他可不知道，这个年轻人就是小王子。铁匠叹息了一声说："这么强壮的身体，又这么年轻，却好吃懒做，我真替你害羞。我这儿有好多活要干，正缺人手，你总该会使铁锤和钳子吧，来给我做个帮手吧，我管你吃住，到时还会给你几便士。"

"太好了，我只想找点活干，可没想过要什么报酬。"于是，小王子进屋抡起铁锤，锤打铁砧上那块通红的马蹄铁。

没多久，邻铺的一个裁缝走了进来，坐下后诉说着今天看到的事情。

你们大概也听说了两位大公主不肯结婚的事了吧，说是要等小公主拿出王冠，等找到她的小王子后，三人一起结婚才行。听说他们曾掉进一个井里，小王子在被往上拉时，辘轳突然松了，他掉了下去。从那以后，什么井呀、辘轳呀、绞绳呀，统统消失不见了。后来，两位王子为了婚事不停地央求公主，并一再催促国王。最后国王和两位公主妥协，同意举行婚礼了。婚礼计划就在今天上午举行。

所有人一大早都去了婚礼现场。说真的，两位新娘的礼服太漂亮了，她们头上的王冠呢，更是以前从未见过，有三层，从下到上分别是铜的、银的和金的，一层紧套一层。我还看到了小公主，她仍沉浸在失去爱人的痛苦中呢，显得十分悲伤。两位新郎出场了，他们穿着笔挺的礼服，高昂着头进来了，无论是衣着还是神情，真是气派。突然，意外发生了，两位新郎踏上圣坛台阶时，脚下的木地板一下子断裂了，裂开了一个两码多宽的大洞。两位新郎一下子掉了下去，摔在下方墓室的棺材上。两位新娘吓得大声尖叫，声音很凄厉，胆小的人拼命逃离现场，胆大的人，凑近洞口往里瞧。牧师让侍卫们打开墓室的门，两位王子才先后走了出来，所幸只受了点轻伤，不过他们的礼服上可挂满了蜘蛛网和带霉气的灰尘，婚礼因此被迫中止。

后来，国王当场宣布推迟婚礼，还说，只有小女儿也拿出那个有金、银、铜三层的王冠，和两位姐姐一起举行婚礼才行，否则，绝不同意两个女儿举行婚礼。无论是谁，只要能做出一顶三层王冠，就像两位新娘头上所戴的王冠那样，他就把小女儿许配给他。如果他已成家，或者不想娶他的小女儿，他将赐给他足够多的财富。

铁匠听了裁缝的话后说："我倒是很乐意打造出那顶王冠。可是，在两位公主回宫后，我特地去看过那顶王冠，我敢说这个世上任何一个能工巧匠都无法打造出来。"

"懦夫怎能赢得美人，"小王子说对铁匠说，"你去王宫要四分之一磅金子，四分之一磅银子和四分之一磅铜，再取一

顶王冠做样品，我拿性命担保，明天一早，我就能打造出一个一模一样的王冠。"

铁匠反问他："你真的能打制出来吗？"

小王子答道："当然是真的，快去王宫！不要失去这个难得的机会，世上可没有后悔药！"

长话短说吧，铁匠按小王子的要求从国王那儿取来所需的金子、银子和铜，并带回一顶王冠做样品，将东西如数交给王子。天一黑，小王子就关上了锻造室的大门。邻居们一起涌上铁匠铺门前的院子里，在门外聆听小王子在屋里不停锤呀锤，一直锤打到东方泛白。小王子时不时将多余的金屑、银屑和铜屑扔出窗外，引得众人哄抢。叫骂声、欢呼声此起彼伏，但人们都为屋里面的工匠祈福。

当第二天的太阳尚未完全跃出地平线时，屋里终于停止了锤打声，小王子打开了大门，出现在众人面前，一手拿着那顶小公主塞在他斗篷里的王冠，一手拿着样品，不用说，它们绝对是一对。小院沸腾了起来，人们发出由衷的欢呼声。铁匠请求小王子随他一起去王宫，但是他谢绝了。于是，铁匠携带两顶王冠在前，而全镇的人紧随其后，涌向王宫。

国王见到两顶王冠，反复比较，也找不出差别，喜悦之情无法言语，激动得不停地说："太好了！太好了！真的是一模一样！"国王问道："你愿意娶我的女儿为妻吗？"

"不，陛下，我已经成家。"铁匠答道。

"那你想要什么，尽管提，只要不过分，我尽量满足。"国王又问。

"国王陛下，全镇的人都知道，这项王冠是一位年轻人打造的，我绝不敢将它据为自己的功劳，他是我昨天才收的一个助手，真想不到他的本领如此高超。"铁匠如实地答道。

国王问小女儿："你愿意嫁给那个打造王冠的匠人吗？"

小女儿拿起王冠仔细地看了看，用手反复地抚摸，毫无疑问，它就是她塞在小王子斗篷里的那顶，那个打造王冠的巧匠正是自己的心上人。尽管内心欣喜若狂，但机智的她依然强压欢喜说："我愿意！我愿意！"她内心是多么想早点见到心爱的小王子啊。

"很好！"国王应声说，当即对大王子说："你驾着我最好的马车，替我到铁匠家，接三公主的新郎。"

大王子是一个高傲的人，心里不乐意去平民家，但他不敢违抗国王的命令，只好驾车前往铁匠家。

大王子很快来到铁匠家，看到一个衣衫破乱不堪，蓬头垢面的人站在锻造室外等他。他可没有认出小王子，以为小王子早死了呢。

大王子招手让小王子过来，问："你是那个打造王冠的年轻工匠吗？"

"是的。"小王子回答。

"既然是这样，麻烦你拍一下身上的灰尘，洗漱一下，然后坐上马车跟我去见国王。我真为小公主感到不值。"大王子说。

小王子照做了，一句没说就上了马车。

马车没走多远，小王子就从怀里掏出鼻烟盒，将它打开，小矮人立即跳了出来。"遇到什么麻烦事？"小矮人问。

"哦，大师，请把我送回铁匠家，再让马车装满铺路的碎石子儿。"小王子说。

声音刚落,他就回到了锻造室,马车也载满了碎石子儿。也许只有马儿才知马车里发生了变化,它可能十分纳闷,车子怎么突然变得那么沉重。

大王子将马车停在王宫门前。出于对新女婿的尊敬,国王早在门前守候多时,见马车来了,亲自过来打开马车门。不曾想刚拉开,碎石如洪水般涌出,劈头盖脸地砸向他,弄得他的假发和绒毛大衣上满是石子,将他扑倒在地上。突来的惊变让众人惊愕不已,也引来一阵讥笑声。

国王从地上爬起来,擦去额头的血迹,愤怒地朝大王子直瞪眼。

大王子连忙上前解释道:"陛下,刚才的意外我十分抱歉,我真不知马车上为何变成了一车碎石,我亲眼看见年轻铁匠上的马车,一路我都没有停车。"

"不用解释,你肯定对他失礼了。"国王余怒未消地说。接着,他对二王子说:"你去吧,这回一定要把那个年轻的铁匠接回,千万记住,对他要彬彬有礼。"

"陛下,请放心,我一定马到成功!"二王子誓言旦旦地说。

对那些自以为了不起,目中无人的家伙来说,再怎么伪装也难成为一个彬彬有礼,童叟无欺,品行高尚的人。相比于大王子,在礼貌方面,二王子同样没有任何进步。当国王再次打开车门时,扑面而来的是泥浆。"丢人的东西,"国王骂道,"看来只有我亲自前往了。"

国王沐浴更衣后,驾车亲往铁匠家。马车来到锻造室外,国王诚恳邀请小王子上他的马车，与他并肩而坐回宫。小王子请求国王让他单独乘一辆车。马车行了一会儿，小王子又打开鼻烟盒，对小矮人说："麻烦大师为我沐浴更衣，换上王子的服装！"

"理应如此！"小矮人回答说，"不过做完这件事后，我要向你道别了。在此，我最后忠告你，愿你一如既往的善良，疼爱你的妻子。"说完，他就消失了。

马车抵达了宫廷，车门再次开启，一位英俊潇洒，衣着华丽的王子出现在众人面前。他下车的第一件事，就直奔一直等候他的小公主，拥抱她，亲吻她。

除了那两位王子外，众人都替他们高兴。隆重的婚礼很快重新举行，三对新人在众人的祝福声中，彼此牵着爱人的手同时走进婚姻的殿堂。不久，大王子和二王子各自带着新婚妻子返回自己的王国，只有小公主和小王子，这对夫妇留在了老国王身边，幸福快乐地生活着。

小莱西

　　有个小男孩叫莱尔斯，因个头十分小，大家都亲切地称他小莱西。小莱西十分勇敢，是个男子汉，曾乘一只豌豆荚做成的船周游了世界。

　　那是一个炎热的夏天，苗圃园里的豌豆荚长得正欢，碧绿碧绿的，又长又大。小莱西又悄悄地溜进园里，啊，豆茎长得好快，短短几天不见，已越过头顶了。他爬上豆茎，摘下17颗又长又大又直的豌豆荚。

　　小莱西正庆幸没有被人发现时，苗圃园的园丁听到响声拿着猎枪走了过来，听了听周围的动静。"可恶的麻雀！"他说。"哟嘘！哟嘘！"他连续大喊了几声，想赶走麻雀，可并没有看到麻雀飞出来。小莱西可没有长翅膀，他只有双脚，当然飞不起来。

　　"瞧好了！看我给枪装上子弹，让你们尝尝它的滋味！"

园丁说。

小莱西吓坏了，连忙从里面钻了出来，向园丁解释说，"园丁叔叔，请原谅我，我只想用豆荚做一些小船。"

"好吧，这一次我暂且原谅你。不过，你下次要来，一定要经过我的允许才行。"园丁放下枪说。

"嗯！我记住了。"小莱西应声答道。

出了苗圃园，他来到海边，将豆荚全掏出来，小心翼翼地用小刀将豆荚剖开，分成两瓣，又折了几根小树枝安放在上面，做成桨手的座位。随后，他将豆荚里面的豌豆取出来，当成货物再放在船上。在制作小船的过程中，他弄坏了五颗豆荚，最后总算完好无损地完成了十二艘船。哦，它们可不是普通的货船，而是一支舰队，三艘大货船、三艘护卫舰、三艘双桅船和三艘纵帆船。他还将最大的货船命名为"赫拉克勒斯（古希腊神话中的大力神）号"，最小的纵帆船命名为"弗莱（英文"跳蚤"的音译）号"。小莱西将12艘船都放下水，让它们随海浪起伏，它们像那些远洋巨轮一样在大海中披风斩浪，十分壮观，十分威武。

现在，这支舰队已经起航了，它们要去完成周游世界的使命。那边最大的岛屿就是亚洲，那块巨大的礁石是非洲，而那个小点的岛屿是美洲，最小的那块石头是波利尼西亚。当然，舰队出发的海岸，就是欧洲。万事俱备，可小莱西却还待在欧洲的海岸上，不停地向海中掷石子。

欧洲海岸边停泊着一艘真正的船，那是小莱西父亲的渔船，刚漆上漂亮的新漆。小莱西情不自禁地上了船，尽管他父母曾再三告诫不允许他上船，可此刻，他早忘得一干二净。他多么想到世界各地走走看看啊。

"我要将渔船划向大海，只划一会儿，哪怕距离很短很短也心满意足了。"他想。豆荚船队已经漂远了，远远望去，在海面上变成了一只只小黑点。"我要在非洲海岸与'赫拉克勒斯号'会合，然后一起返回欧洲。"小莱西说。

小莱西真是个男子汉，敢想敢做，当即去解缆绳。缆绳拴得很死，要解开不容易。说来奇怪，他拉了拉缆绳，它们竟然自动松了，被轻而易举地解开了。现在，只要小莱西拿着桨，想将船划向哪儿，船就会去哪儿。虽然小莱西不曾真正地拿过桨划过船，可在家里，他时常拿着父亲的手杖当桨，把楼梯当作桨手的座位，玩划船的游戏。可此时，小莱西想划船时，却找不到一支桨，它们被父亲锁在船舱里了。没有了桨，想要将船开走可不是件容易的事。

正在小莱西为此发愁的时候，船却被风吹离了海岸，且越离越远。小莱西一下子不知所措，害怕得哭了起来。海岸上空无一人，一只乌鸦可能飞累了，落在一棵白桦树上，树下是园丁的黑猫，此时正蹲着，耐心等待它的猎物。它们可没心情去管小莱西的哭泣声，更不会关心他正漂向大海。

此时，小莱西多么后悔不听父母的话，独自跑到船上，还解开缆绳出海啊！可后悔有什么用呢，不能将他重新送回到岸上啊。也许不久，小莱西的船就会在大海中迷失方向，到那时，真可说欲哭无泪呀。

小莱西拼命地大喊大叫大哭着，直至累得躺在甲板上，也没有人听到他的喊声。他合起两只小手说："慈祥的上帝啊！请您原谅我的过错！"说着说着，他就累倒在甲板上睡着了。

虽说此时还是白天，梦神老爷爷仍然坐在梦乡的岸边，用那长长的钓鱼竿四处找小孩。小莱西向上帝祈祷的话被他听到后，他马上把船拉住，并把睡熟的小莱西抱到一张用玫瑰花瓣做成的床上。然后，他伸手招来一个小梦童，对他说："去陪小莱西一块儿玩吧，这样他就不会感到孤独和害怕了。"

小梦童真的很小很小，比小莱西的个头还小好多呢，他有一头漂亮的头发和一双湛蓝的眼睛，头上戴着一顶有一道白色条纹的小红帽，穿着一件领口镶着珍珠的白色大衣。他悄悄来到小莱西的梦里，对他说："你愿意随我一起乘豆荚船环游世界吗？"

"当然愿意。"小莱西在梦中说。

"那好吧，我们去搭乘你做的豆荚船，你去乘'赫拉克勒斯号'，我去乘'莱弗号'。"梦童说。

于是，在梦中，他们上船起航了。舰队漂洋过海，来到了世界的另一头——亚洲海岸。在那里，冰冷的北冰洋海水通过白令海峡流入广阔的太平洋。此时正是寒冬，海面上总有一层层挥散不去的薄雾。透过那层薄雾，他们看见大探险家诺登斯基尔德（1832年11月18-1901年12月，芬兰赫尔辛基人，北极探险家）正驾驶着"织女星号"在冰海中探险，试图寻找一条航线。天气异常的冷，巨大的冰山在阳光下闪烁着晶灿灿的光芒。冰层下，大鲸鱼努力地用它的头撞击冰层，想砸出一个洞，好在冰面上透口气，可冰太厚，天太冷，它们怎么也砸不开。厚厚的白雪覆盖着长长的海岸，一眼望不到边。白雪上，偶尔可以看到一些身着灰色皮袄的人影坐在雪橇上，雪橇前方有几条狗正努力往前跑。

"我们从这儿登陆好吗？"梦童对小莱西说。

"不，"小莱西说，"那些鲸鱼太大了，我可怕它们一口吞了我们，而且那些拉雪橇的狗好凶呀，它们会咬我们的。我们还是到其他地方看一下吧。"

"听你的，"戴着小红帽的梦童说，"这儿离美洲海岸也不远。"正说着，他们又来到美洲海岸。

这儿阳光明媚，气候十分温暖。海岸上，一排排高大的棕榈树、椰子树挂满了果实，像列阵的队伍般正等候检阅。一望无际的绿色草原上，一群古铜色皮肤的人们正骑着马，用弓箭、标枪围猎一群大野牛。野牛们愤怒了，顶着锋利的牛角，冒着箭雨，冲向猎人。一条巨大的眼镜蛇爬到棕榈树上，突然纵身下来，一口咬住一头在树下纳凉的美洲驼的腿。小骆驼挣扎了片刻，很快地死去了。

"在这儿登陆好吗？"梦童又问。

"不！"小莱西说，"这儿的野牛好凶猛，我怕它们用角顶我，眼镜蛇也太可怕了，我可不愿让它咬一口。我们还是到世界的其他地方看一看吧。"

"好的，"穿白色大衣的梦童说，"这儿离波利尼西亚不远。"说完，他们就到了波利尼西亚。

这儿的天气十分炎热，简直像在洗芬兰浴。海岸上到处生长着价值很高的经济植物，有胡椒、肉桂、生姜、藏红花，此外还有咖啡树和茶树。这儿的人们更奇怪，棕褐色的皮肤，厚厚的嘴唇，脸上画着恐怖的图案。在一片高高的竹林里，一群人正在围攻一只背上全是黄斑的老虎。突然，老虎猛地转身，扑倒一人，当场咬死了他，吓得其余的人四处逃散。

"我们在此处登陆好吗？"梦童问。

"你没有看到胡椒丛里的那只黄斑老虎吗？它会吃了我们的？还是到世界上其他地方去看一下吧。"小莱西说。

"行，"蓝眼睛的梦童说，"前面就是非洲了。"说着，他们就来到了非洲海岸。

他们的船停泊在一条大河的河口。这儿的海岸覆盖着各种各样的绿色植物，它们就像天鹅绒般铺在海岸线，美丽极了。不过，离海岸线不远，就是一眼望不到边的沙漠了。那里的天空也因黄沙而染成了黄色。太阳火辣辣地烤着大地，似乎要将地上的一切烤熟。这儿的人们肤色像煤炭一样漆黑，他们骑着高大的骆驼，一字排开行走在沙漠中。威武的狮子张开血盆大嘴对空怒吼，鳄鱼不时从河里探出头，就像壁虎的脑袋，只是比壁虎的大多了，它们张着嘴，露出如尖刀般白白的牙齿，似乎随时在准备攻击猎物。

"我们在此处登陆好吗？"梦童问。

"不！"小莱西说，"这儿的太阳会把我们烤熟的，狮子和鳄鱼随时会吃掉我们。我们还是到世界其他的地方看一看吧。"

"我们还是返航回欧洲吧。"有着一头漂亮卷发的梦童说。正说着，他们回到了出发地欧洲。

凉爽的空气，熟悉的海岸，一切一下子变得那么亲切。那棵高大的白桦树依然耸立在岸边，浓密的树叶无精打采地低垂着，那只乌鸦还在树上，想必是怕炎热，在树上睡觉吧。树下，园丁的黑猫也趴着睡着了。再远点，那座房子小莱西十分眼熟。房子旁就是苗圃园，在那片豌豆园里，豆茎好像又长高了，挂得满满的豆荚依然是那么喜人，又大又长又饱满。老园丁呢，此刻正穿着那件绿色外套在园里走来走去，他在看黄瓜是不是熟了。房子门前的台阶上，小狗法莱斯"汪汪"地叫着，看见小莱西，不停地摇着尾巴。院子里，奶奶斯提娜正在挤牛奶。一位熟悉的阿姨披着一件格子羊毛围巾，正在往竹竿上晾刚刚洗过的衣服。一位穿着米黄色上衣的先生，他也十分熟悉，正叼着一个烟斗，去看黑麦是否该收割了。一个男孩和一个女孩向小莱西跑来，边跑边喊，"莱西，快回家吃奶油面包。"

"我们在此处登陆好吗？"梦童调皮地眨着蓝色眼睛问。

"跟我走，我叫妈妈也给你一些奶油面包和一杯牛奶。"小莱西说。

"等一等。"梦童说。

这时，厨房的门开了，里面传来"吱吱"的声音，那是奶油面浆倒入热油锅时发出的声响，每次听到这种声音总让人心情十分愉悦。

"也许我们还是驶回到波利尼西亚吧。"梦童笑嘻嘻地说。

"不！回欧洲，你瞧，他们正在煎薄饼呢。"小莱西说，他试着抬脚上岸，可是他抬不动。梦童早已用一条花布带子将他绑得严严实实的。突然，小莱西身边一下子涌现出成千上万个小梦童，他们围成一圈又一圈，将他圈在中心，然后又唱又跳起来：

这个世界无限广大，小莱西！

虽然你已漂过洋，越过海，

但你永远也说不出，

世界的终点到底有多遥远。

小莱西啊，小莱西！

你已经看见，

世界的一头是寒冬，

世界的另一头是酷暑，

无论哪里啊，上帝都在。

小莱西啊，小莱西！

无论人们在哪儿生活，

他们全是上帝的孩子。

小莱西啊，小莱西！

如果你做了上帝的使者，

你就永远不会受到伤害，

哪怕那儿四处是豺狼。

小莱西啊，小莱西！

请你快快告诉我，

不论你在世界哪一个地方，

是不是觉得还是家乡最好，

小莱西啊，小莱西！

　　唱完这首歌后，所有的梦童就消失了，梦神爷爷又把小莱西从玫瑰花床上抱起，放回渔船上。小莱西依然沉浸在甜蜜的睡梦中，他依然陶醉在家中厨房里的油锅里传出的美妙乐声中，那声音在不停地召唤着他，越来越清晰、响亮，就像在他耳边。他实在抵挡不住，于是他揉着眼睛醒了。

　　小莱西发现自己躺在小船的甲板上，他明白了，刚才睡着的时候，可能风向变了，又把小船送回到岸边，而他听到的油锅煎薄饼发出的响声，其实是海浪敲打着岸边石子发出的声音。小莱西可没有错呀，大海不就像一个巨大的油锅么，太阳不是每天都用这个油锅为孩子们做薄饼吗？只是这薄饼叫着快乐。

　　从眼里完全赶走睡意后，小莱西看了看周围，一切还是以前的样子。白桦树耸立在岸边，乌鸦还在树上栖息，黑猫还在树下趴着。只是豆荚舰队返航了，有几艘船不幸沉没。不过"赫拉克勒斯号"满载货物从非洲平安返航，而"莱弗号"也从波利尼西亚胜利归来，它们刚刚环游了世界。

　　小莱西陷入无穷无尽的遐思之中，脑子一片混乱，时不时坠入"梦乡"，他不知那些淘气的梦童以后还要跟他玩什么花招，带给他什么快乐。他渐渐地不再回想这些事情，到海边将所有还完好的豆荚船捡起，回家了。

　　看到莱西回来了，他的哥哥和妹妹跑过来接他，他们隔着很远就喊："莱西，你去哪儿了？快回家吃奶油面包。"厨房的门开着，里面传来令人牵肠挂肚的"吱吱"声。

　　园丁在苗圃园的门口给莳萝、西芹、胡萝卜和防风草浇水，看见小莱西回来了，就问："莱西，去哪儿玩了这么久？"

　　小莱西挺直腰板，大声地说："我乘豆荚船环游世界去了。"

　　"哦。真了不起！"园丁吃了一惊后赞许地说。

　　也许小莱西早已忘了那场环游世界的梦，但你可能还没有忘记，甚至相信它确实存在。那些曾在你儿时的梦里见过的美丽景象；那道永不褪色闪着银光的墙；那颗永不暗淡永远闪亮发光的钻石；那首整晚陪伴你，让你如痴如梦的歌谣；还有那些永不衰老的美丽仙女；哦，它们就如夜空中熠熠生辉的繁星，一直活在你的心头。

也许你曾见过她们正挥舞着翅膀从你枕边飞过；也许你也曾多次梦见过那可爱的梦童，金色的卷发、湛蓝的眼睛，还有他头上那顶有道白色条纹的小红帽，以及领口镶着珍珠的白色大衣。

也许他也曾带你环游世界，去世界每一个地方做客，不论那地方是冰天雪地的荒芜之地，还是一望无际黄沙漫天的炎热沙漠；不论那儿的朋友是什么肤色的人，是森林中各种各样的野兽，还是海洋里形形色色的鱼；它们一直装饰着童年的梦。

也许你也曾想过像小莱西一样，驾着豆荚小船周游世界，它是童年最难忘、最值得回味的梦。

鱼的故事

也许你一直认为鱼就是鱼，一种只能在水里生存的动物。可是，如果你去澳大利亚，深入中部沙漠地区，跟当地的黑人深入交流，或许你就会彻底颠覆固有的认知，有些事情真的让人惊讶不已，大长见识。他们会准确无误地告诉你，在很久以前，到底多久，唉，至今没有人准确知道，鱼也生活在陆地上，人们经常能见到它们四处走动，以捕猎各种动物为食。

如果你懂点解剖学知识，了解鱼的身体结构，你就会感叹，它们在陆地上生存是多么艰辛，它们得多么聪明，才能生存下来啊。是的，鱼真的很聪明，若不是一件陡然而至的意外，也许鱼至今在陆地上生活，继续靠捕食动物为生。

有一天，整个鱼族完成了一次集体捕猎的活动之后，都感到筋疲力尽，想找一个干燥凉爽的地方好好休息。那天，天气十分炎热，鱼儿们生存的河岸边有棵硕大无比的树，树下有一大片被树荫遮盖的地方，既阴凉又舒适，真是一个难得的避暑妙处。于是，它们在这个地方安营扎寨，并生火做饭。大树在一个坡地上，下面是一个很深很深的大河。

在生火做饭的时候，天气说变就变了。烈日高照的晴空，一下子乌云密布，很快下了倾盆大雨，大雨浇灭了做饭的火堆，直冒着白烟。要知道，在原始社会，火对人们多么重要，火灭了，是多么一件糟糕的大事。它们那时没有火柴，要想重新获得火种，是一件非常艰难的事。没有最坏，只有更坏，这不又刮起刺骨的寒风，只冻得鱼儿们个个只打寒战。

"这样下去可不行，"鱼族最有威望年纪最大的长老苏克说，"倘若不把火重新生起，我们都会被活活冻死的。"它吩咐两个年轻力壮的儿子各取一根木柴，互相摩擦，期望能重新生出火来。两个儿子拼命地摩擦，直至擦得手酸臂痛再也擦不动了，木柴也没有冒出一丁点的火花。

"让我来试试吧。"多骨鱼博克说，可它的运气也不怎么好。接着鲤鱼库巴也失败了，其他鱼也一样。

"这样做没有任何效果，"最后苏克叹息地说，"木柴太湿了，看来我们只能在这儿坐着，等太阳重新出来，把木柴晒干了。"

正在大家失望之极时，一条鱼族中年纪最小的鱼来到苏克跟前，他个头也非常小，身长不到四寸。他向长老鞠了一躬说："让我的父亲鳕鱼古德来试试吧，非常有经验，会为大家带来奇迹的。"

于是，苏克把鳕鱼古德请了过来。古德从树上剥了一些枯树皮，放在仍然冒烟的火堆灰烬上面，然后跪下来，鼓起小

嘴，使劲地对着灰烬吹。

吹啊吹，吹了好一阵，火堆里终于闪动着零星的红光。鱼儿们立即围了上去，它们怕雨水又将火堆浇熄。星星之火逐渐变成了小火苗，枯树皮边缘终于燃了起来。大伙儿高兴极了，纷纷挤到火堆跟前，围得密不透风。古德赶紧让大家闪开，不要挡着风，因为只有借助风力，小火苗才能越烧越旺。不一会儿，小火苗就成了大火焰了，燃着的树皮开始发出噼里啪啦的声音。

"快去拾些柴过来。"古德喊道。鱼儿们纷纷跑开，拾了很多木柴，堆在火堆上，大火熊熊燃烧起来。

"有火了，我们就不怕冷了，古德真了不起。"鱼儿们一边涌向火堆，一边表达对古德的赞美，它们紧紧围在了一起，越围越紧。突然，一阵狂风从山坡上席卷下来，卷起了燃着的木柴，扑向取暖的鱼儿们。鱼儿们大惊失色，急忙纷纷往后跳。唉，它们犯了大错，忘了自己处在陡峭的河堤上，结果都跌倒在地，纷纷滚向下方的大河。

太冷了，这个终日不见太阳的河水是多么寒冷啊！鱼儿们冻得浑身直发抖，直往水里沉。奇怪了，鱼儿们又全身温和起来，好像那个熊熊燃烧的火堆被风吹到了水里，在水下燃烧一样。鱼儿们在水下又聚集在了一起，发现水里的火堆与陆地上面的火堆一样温暖，更奇怪的是，它们既不怕风吹也不怕雨打，永远也不会熄灭。

现在你也可能知道了吧，在寒冷的冬天，为什么人们能去冬泳，因为当他们潜入水下时，他们就像进入了一个温暖舒适有空调的房间，那儿的水温比水上的高多了。不过遗憾的是，人们不能在那个房间里停留太久。

独手姑娘

在一片棕榈树林里有一个小茅屋，里面住着一对夫妇和他们的一双儿女。他们在那儿一起幸福地生活了好多年。后来，父亲老了，患了重病，在预感即将离开这个世界的前夕，他将儿子和女儿叫到身旁，哦，忘了说了，他一直睡在地板上面，这个国家还没有发明床呢。他对儿子说："我们是穷苦人家，既没有一头牛，也没有一只羊留给你，家里也只有几件不值钱的东西。不过，现在你要做一个选择，你希望得到我的财富呢，还是我的祝福？"

"当然是财富，那还用问吗？"儿子的回答很干脆。老父亲点了下头，转过脸，问站在儿子旁边的女儿："那你选择什么呢？"

"哦，我要您的祝福，父亲！"女儿流着泪说。于是，父亲对她说了许多祝福的话。

当晚，老父亲就病逝了，他的妻子、儿子和女儿为他哀悼了七天后，按当地的风俗将他的灵柩安葬了。不幸的事接踵而来，葬礼一结束，老母亲又病倒了，这种病在这个国家很常见，但一直没有有效的治疗方法。不久，她也即将离开人世。像丈夫一样，她也把儿女叫到身旁，问他们相同的问题："你希望得到我的财富呢，还是我的祝福？"

儿子头也不抬地说："当然是财富。"

女儿依旧流着泪说："我要您的祝福。"于是，母亲对着她说了许多祝福的话，当晚就去世了。

葬礼结束的当天，哥哥就把家里所有属于父母的东西全都搬走了，只给妹妹留一口锅和一个淘臼（淘米用的罐子），让她可以淘米做饭，可是她哪儿有一粒米呀。

坐在空荡荡的家中，姑娘睹物思情，心里十分伤心，又因没有吃的，肚子饿得咕咕叫。这时，一位邻居敲门进来，问她："能不能把你的锅借我做顿饭，我家的锅烧坏了，我会给点儿米作为报酬的。"

姑娘高兴极了，当晚淘米做饭，吃得饱饱的。第二天又有人向她借锅，以后天天如此，不过可没有人知道村里的锅到底出了什么事，为什么会有这么多坏的。每天能吃到香喷喷的大米饭，姑娘十分开心，原本瘦弱的身体也渐渐胖了起来。

一天晚上，她在屋子里的角落捡到一粒南瓜子，就把它种在了井边。没过多久，它就破土长芽了，随后长出长长的南瓜藤，藤上结满了南瓜。

一天，村里的一个青年去姑娘哥哥所在的地方办事，正好碰到她的哥哥，两人闲聊了一会儿。

"我妹妹现在怎么样了？"哥哥问。

"她长胖了，比以前好看多了。"那位青年回答道，"村里的妇女都向她借锅用，给了她许多粮食作为报酬。现在，她家里的粮食多得吃不完啦。你别替她担心了。"

听了青年的话，哥哥心里充满了嫉妒。第二天一大早，他就出发，到了那座小茅屋，妹妹还在屋里睡觉未醒，那口锅和那只淘臼就放在门口。于是，他拿起锅和臼，也不进屋问候妹妹，转身高兴地回家，一路上他不停地夸自己是多么聪明。

姑娘起来后想做饭，到处找锅和臼，都没有找到，就安慰自己说："可能有个贼在夜里趁我熟睡时将它们偷走了，唉，我还是看看我的南瓜吧，它们有的已成熟了。"

南瓜真的熟了，个个沉甸甸地吊着，压得瓜藤都快承受不住了。姑娘摘了一个当饭吃了，滋味十分香甜可口，因为她之前可从未吃过这么香甜的南瓜。

南瓜一下子结了很多，善良的姑娘就把多余的南瓜送给好心帮助她的左邻右舍，她们呢，也没有白要她的南瓜，又给了她许多大米，都说这是她们至今吃到过的最甜最香的南瓜。以至于不到几天，姑娘的南瓜远近闻名。如此一来，姑娘得到的大米多得她怎么吃也吃不完。于是，她用多余的大米去铁匠那里换了一口新锅，在陶匠那里换了一些碗碟和罐子。现在，她觉得自己十分富有了。

有一个女人自认为她十分富有，她本是一个富商之女，嫁给了姑娘的哥哥，成了她的嫂子。听说她的南瓜又香又甜，味道美极了，之后，她便派一个用人带着粮食去买她的南瓜。起初，姑娘并不打算把南瓜卖给他，因为前来订南瓜的人太多，他来之前，南瓜早订完了。后来，她知道他是嫂子的用人后，特地在南瓜地里摘了一个最大最熟的南瓜让他带回去，说是她送给嫂子的礼物，并不要她的粮食。

嫂子看到南瓜后，十分高兴，吃了后，更是觉得鲜美可口，整晚都在回味南瓜的美味。第二天一大早，她又派一个用人（她十分富有，有好多用人）去买南瓜。成熟的南瓜早已卖光了，现在瓜地里的南瓜都没有成熟，她如实地对用人说，他只好空手回去如实禀告女主人。

晚上，姑娘的哥哥从外打猎回来，因去的地方很远，回来很晚。一进屋，他看见妻子不仅没有睡，而且还在一直哭，忙问："家里出了什么事？"

"我派一个用人到你妹妹那儿买南瓜，可她宁愿卖给别人，也不愿卖给我一个，还说南瓜全卖完了。"妻子说。

"就这事呀，别为此伤心了，早点睡吧！"哥哥说，"明天我去拔了南瓜藤，让她一个南瓜也不能卖。她怎么能这样对待自己的嫂子，我一定要好好惩罚她。"

第二天天一亮，他就起来去了妹妹家，看见妹妹在门前淘米准备做饭。

"昨天，你嫂子派人来买南瓜，你为什么一个也不卖给她，她不是给你大米了吗？"哥哥气势汹汹地说。

"你们误会了。成熟的南瓜都吃光了，剩下的全是还没有成熟的。前天嫂子派人来时，地里只有四个成熟的大南瓜，我特地摘了最大的那个，让用人带回去给了嫂子，没有要她的粮食。"妹妹解释说。

"我才不听你的鬼话呢，你宁可把南瓜全卖给别人，也不愿卖给自己的嫂子，我要砍了你的南瓜藤。"哥哥愤怒地说。

"你想砍掉我的南瓜藤，除非先砍掉我的手。"说完，她拼命地用手去护住南瓜藤。

她哥哥冲了过来，手起刀落，砍断了瓜藤，也砍断了她的一只手。姑娘痛得昏死了过去。

恶毒的哥哥一不做二不休，卷走房子里所有值钱的东西，连一把扫帚也不放过，并将房子卖给了别人，那人早就对他家的老房子垂涎三尺了。

姑娘醒来后，忍痛清洗了伤口，找了些草药敷在上面，然后用布条包扎起来。现在她无家可归了，也一无所有了，只好跑到森林里躲着，她怕哥哥找到她，又来找她的麻烦。

一连七天，姑娘独自在森林里四处游荡，她不知自己能去哪里，走累了，她就胡乱地摘一些野果充饥，晚上就爬到大树上，借助那些大树及缠绕在上面的藤蔓睡觉，只有这样，那些猛兽，不管是狮子，还是老虎，就不能伤害到她了。

第七天早上，她醒来时看见森林边有一个小镇，镇上各家各户的烟囱升起一道道炊烟。这是多么令她向往的情景呀，可此时她却早已无家可归了，有的只是孤独和迷茫。森林的附近没有一条小溪，几天来她没有喝一口水，口渴得十分厉害。想着如果能喝上一杯牛奶，那该多么幸福啊。如今只剩下一只手了，以后的日子怎么过啊。想到此，姑娘伤心地流下了眼泪。

恰巧，这一天天一亮，国王唯一的儿子带着一群人到森林里打猎。太阳一出来，天气一下子变得很闷热。王子玩累了，看到一棵大树，对侍卫说："我要在这棵大树下面睡一觉，你

们继续去玩吧，留一名侍卫在旁边守护我就行，就他吧。"

王子说完，指了指一名侍卫，让他留了下来。众人走后，王子就睡着了。也不知睡了多久，突然，他感到有水滴滴在了脸上，他一下子惊醒了。

他抹了抹脸，忙问侍卫："这是什么？下雨了吗？"

"没有呀，主人。太阳正当空呢，怎么会下雨呢。"侍卫说。

"那你爬到树上看一下，上面有什么东西。"王子说。

侍卫爬了上去，随后又下来了，说树上有一位美丽的姑娘，刚才落下来的可能是她的眼泪。

"那她为什么哭呢？你问她了吗？"王子问。

"我没敢问她，不知道她为何哭。"侍卫说。王子听了侍卫的话，十分好奇，他决定亲自爬上树，看看到底是怎么回事。

"有什么不顺心的事？"王子轻言细语地问，可是姑娘并不回答，反而越哭越厉害。于是他又问："你是树精，还是人？"

"当然是人。"姑娘一字一句地答道，边说边摘一片藤叶当手帕来擦眼泪。

"那你为何坐在树上哭呢？"王子愈发好奇地问。

"有太多痛苦的事情，"姑娘抽泣着说，"你压根不能体会的。"

"你能随我回家吗？"王子说，"我家离这儿很近，你随我回去见我的父母，我父亲是本国的国王。"

"那你怎么会到这里呢？"姑娘问，一双眼惊奇地望着他。

"我们在此打猎，每月我和朋友们都会来此一次，"王子

说，"我玩累了，在树下休息，叫他们到别处玩去了。可是你为何一个人在树上呢？"

听了王子的话后，姑娘就将她父母去世后遇到的种种事情叙述了一遍。说完后，她哭着说："我不跟你下去，我不想见任何人。"

"哦，这个好办。"王子跳到下方的一棵矮树上，命令站在下面焦急等他的侍卫，迅速回城，租一顶四人轿子到这儿来，并再三强调，轿子上一定要有帘子。待侍卫走后，姑娘才下树，躺在附近的树丛里。王子让人把轿子放在她身边的树丛里，然后让轿夫回去，说让自己的侍卫抬轿，然后派那名侍卫去找同伴。

待他们走远后，王子让姑娘上了轿，把帘子拉下，遮得严严实实后也上了轿，坐在轿子的另一侧。

没过多久，侍卫们都匆匆跑了回来，个个跑得气喘吁吁，唯恐王子有什么意外事情。

"我身体有些不舒服，有些畏寒。"王子说。说完拉上帘子，让他们赶紧把他送回去。

轿子直接被送到王子的住处。"快去告诉我的父王母后，说我生病了，正发烧，想喝点粥，尽快送来。"

侍卫们赶紧快步跑到王宫向国王禀报，国王和王后听说王子生病了，十分担心，立即吩咐把粥送去。王宫大厅例行国事会议结束后，国王和众臣立即来看望王子，王后也随之来了。

王子假装只是稍有不适，身体并无大碍，让父母宽心。第二天，王子就回父母，说他已经好多了，并亲自到父母住处请安。

"昨天我在森林里遇到一位美丽的姑娘，这是上天赐给我的缘分，我想同她成婚。我已将她秘密送到了我的住处，连侍卫们都不知晓。我希望父王和母后同意孩儿的请求，她只有一只手，但孩儿除了她之外，不会对任何女孩感兴趣。"王子向父母请求道。

哪个父母都希望自己的孩子找个健康的媳妇，并希望是大户人家的千金。可是自己的孩子执意要娶所爱的女子，他们也不会拒绝，他们是明理的人，他们尊重孩子的选择，并马上筹备他们的婚礼。

姑娘简直无法相信她的命运突然来了180°的大转弯，真是好得不能再好了，对此，她内心充满了喜悦和感激之情。她本是一个聪明能干的姑娘，十分讨人喜欢，很快王宫的人都喜欢上了她。

不久，她为王室添了一个男丁。不过，孩子刚出生，王子就被国王派到遥远的边疆去处理一些悬而未决的国事。

王子前脚离开，王妃的哥哥后脚就来到了都城。由于过惯了大手大脚、游手好闲的生活，很快他就败光了妻子陪嫁的财产，如今变得穷困潦倒。

在进城的路上，他就听人说王子娶了一位一只手的姑娘，并探听到那姑娘是从附近的森林里带回的。他马上猜到，王妃就是他的妹妹。他怎么也想不到，被他砍下一只手的妹妹，一个无家可归的姑娘，居然大难不死不说，竟然还能入宫当上王妃，比他的生活好上百倍。他不禁妒火烧心，下决心要让妹妹遭殃。不用说，这个丧心病狂、冷酷无情的家伙就是要让自己的亲妹妹过着生不如死的生活，他才开心。

他立即来到王宫，要求面见国王，说有大事要启奏。很快，他获准入宫，来到国王面前，行礼后，他对国王说：

"仁慈的国王陛下，您被蒙骗了，"他蛊惑道，"听说王子殿下娶了一位一只手的姑娘为妻，我听了十分震惊，想让陛下您了解这个姑娘的真相。请问，您知道她为何只有一只手吗？"

国王说："我不知道。"

"她是一个可恶的女巫，之前有三任丈夫，都被她一一害死。她所在村子的人们对她的行为十分愤怒，便砍断她一只手，让她只能在森林里生活，不准她见任何人。我的话千真万确，绝无半点虚言，我与她是一个村子的，您随时可以派人到我所在的村子调查。"

国王是个性急之人，听了他的话后脸色十分阴沉，并没有静下心来冷静地分析他的话，更没有派人去调查此事，不然人们会告诉他，这个姑娘之前遭遇的各种不幸，她是一位多么善良、坚强的姑娘。国王可能是怕家丑外扬吧，毕竟王子娶了一个可怕的女巫，是多么影响王室的声誉啊。

悲剧就这样发生了，国王听信了他的话，并把王妃是女巫的消息告诉了王后，他们一致商定，还是把她送回森林，让她从哪儿来的回哪儿去吧。

她的哥哥对这一处罚还不满意，再三建议国王，"立即杀了她，"他说，"像她这种女人竟然欺上瞒下，嫁给王子为妻，这是欺君的死罪，国王千万别心慈手软。杀了她，以免她日后祸害别人。"

"我们不能杀她！"国王和王后说，"若杀了她，日后她的丈夫也就是王子回来，会埋怨我们的。我们还是把她赶到森林里，这种处置最妥当。"尽管王妃的哥哥心有不甘，也只能默默接受。

　　天堂和地狱真是一步之遥。可怜的王妃刚熟悉王宫的生活，刚获得众人的认可，又被莫名其妙地驱逐回了森林。尽管她是那么深爱并感激王子，可如今，她的整个心思都放在了她与王子生的孩子身上，为了他，再大的委屈，再大的不幸，她都能忍。于是，她一只手抱着可怜的儿子，在脖子上挂了一个砂锅，就悄悄离开了喜爱她的人们，离开豪华舒适的王宫，离开忠心的奴仆，又回到了森林。她又一次漫无目的地走着，实在是走不动了，躺在一棵大树下休息，哄着怀里的儿子入睡。突然，她看到一条小灰蛇吐着信子朝她爬了过来。

　　"我会被它咬死的。"她不停地在心里说，可是她依然呆呆地坐在地上，没挪动半步，也许她的确吓傻了。小灰蛇爬到了她的身边，竟然开口对她说："快将锅盖打开，我要进去。我可以保你日后免遭日晒雨淋。"她也没有多想，按照小灰蛇的指示，打开了锅盖让它钻了进去，随后又盖上盖子。

　　不一会儿，又一条小蛇爬了过来，停在她身旁问："你刚才看到一条小灰蛇吗？"

　　她说："看到了，刚刚从我身边爬走，它爬得很快。"

　　"很好，看来我要加快速度才能追上它。"第二条蛇说。然后它快速摇动身体，如离弦之箭一样追了出去，很快不见了踪影。

　　过了好一会儿，锅中有一个声音在喊，"快放我出来。"

　　于是，她打开锅盖，小灰蛇爬了出来。

　　"总算安全了。"小灰蛇说，"告诉我，你要去哪儿？"

　　"我也不知道去哪儿，我已无家可归了，"她回答，"我

一直在森林里胡乱地走，每天都这么瞎走。"

"哦，那随我回家吧。"小灰蛇说。于是，王妃随小灰蛇穿过长长的森林，越过绿油油的草地，来到一个大湖旁。

"天气太热了，一路上也很累，你带着孩子去湖里洗个澡吧，就去那棵大树下洗吧，那儿凉爽。"小灰蛇说。

"嗯，去洗个澡，真的太累了，太脏了。"王妃边说，边带着儿子向那棵大树走去。他们很快来到树下并下水了。孩子兴奋极了，不停地拍打着水面，笑个不停。突然，他跳了一下，跃入水中沉了下去，很快不见了踪影。王妃吓坏了，用一只手在下面乱摸，摸遍周围的水底，也没有摸到孩子。

王妃惊慌失措地跑上岸，哭着对小灰蛇说，"我的孩子不见了！他要是被淹死了，我日后该怎么活呀！"

"再下去摸一下吧！"小灰蛇说，"要摸遍每一个地方，特别是水底下面的树根，你的孩子有可能卡在那里面。"

王妃赶忙返回原处，跳下水用一只手到处摸，几乎摸遍了所有树根的角角落落，连螃蟹都无法钻进去的小洞，也没有放过。可是，哪儿有她的孩子呀。

她站起来，朝小灰蛇哭喊道，"没有了孩子，我该怎么活呀！"

小灰蛇没有理会她的哭泣，对她说："用另一只胳膊伸到水里一起摸！"

"没有手怎么摸呀？"王妃说，但她还是按它的话做了。突然，她的断臂在水下碰到一个柔软的、球状的东西，它夹在两块石头的中间。终于，她摸到了孩子，高兴地喊："孩子，我的孩子，我可找到你了！"说着，她把孩子抱出水面。孩子睡得正香，安然无恙。

"找到孩子了吗？孩子没事吧？"小灰蛇问。

"嗯，找到了，他很好，一点儿也没有受伤。"王妃高兴地说。接着，她发出了更大的惊喜声："天啦……我的断臂，我的断手，哦，不，我又长出新手了！"她喜极而泣，说话语无伦次。

小灰蛇在一旁看着她又哭又笑，像疯了一样，一直没有吭声。等她平静下来后，它说："好了，我们该回家了。你救了我一命，我理所当然要报恩。"

"你让我重新长出了新手，这恩情令我没齿难忘。"王妃说。小灰蛇不答，笑了笑说："走快点，不然天黑之前赶不到家了。"说完，它游动得更快了。王妃紧随在它的后面，有点儿追不上了。

他们来到了小蛇的家——在一棵大树下做的房子。小蛇向父母说了一遍它的历险经过，着重讲述王妃是如何救它，助它脱险的过程。它的父母向王妃表达了最热烈的感激之情，并让王妃在藤蔓编织的吊床上休息，它们会替她照顾孩子的。让它们最好的朋友猴子在树上摘来椰子，让孩子喝椰汁，还让它们带来了各种鲜果。

对王妃来说，这里的生活虽说很宁静，不免有些孤寂，却也十分安全幸福了。只是在夜深人静的时候，她时常想起自己的丈夫，想他此时在什么地方，想他是不是也非常想念她和她们的儿子。

生活平静下来，日子就过得飞快，一晃过去了好几个星期。

这段时间，王子在做什么呢？

他来到边疆后，不久就病倒了，幸亏几位不知他身份的好心人照顾，他才得以脱离危险，这一切国王和王后当然不知道。边疆因叛乱刚平息，人民的生活尚未完全安顿下来，要处理的事很多。他与几位老臣不分日夜制订了一系列安民措施，才使局势稳定下来，他的使命也算完成了，才踏上归程。不过，因生病和劳累，他整个人瘦了一大圈，身体也很虚弱，背也驼了，看上去就像一个老人。

当他回到王宫向国王复命时，看到一个陌生人站在王座的

后面，此人正是妻子的哥哥，凭借花言巧语获得国王的宠信，当了大官。当然，王子并不知晓这一切。

国王和王后盯了他好一阵，却不敢认他，直至王子说："父王、母后，你们不认识孩儿了吗？"

听了王子的声音，国王和王后惊叫了起来，连忙离座，哭着奔向他，不停地问他这段时间到底发生了什么，他怎么瘦成这个模样。

王子没有回答他们，只是平静地问："我的妻子怎么样了？"

大厅立即变得沉默。过了好一阵，王后才说："她病逝了。"

"那我的孩子呢？"王子如遭雷击，连连后退，他又追问。

"也病死了。"王后依然平静地答道。

王子呆若木鸡，一句也不说，大厅也寂静无声。好一阵后，王子才平静地说："能带我去看一看他们的坟墓吗？"

直到听到王子的这句话，国王悬着的心才落了地，他早已准备好了两个崭新的坟墓，并立好了两块漂亮的墓碑，好让他彻底相信，他的独手妻子和他刚出生的孩子真的病死了。这几个月以来，国王和王后一直在纠结，当初没有采纳王妃哥哥的建议，立即处死她，是不是太仁慈，太心软了。现在看来，这种处理方式到底是对还是错，他们也无法确定了。

国王缓缓走在前面领路，他们穿过王宫，进入一个圆形拱门，来到王宫后面的花园。王子一眼就看到了两座新坟，它们静静地躺在一片树荫底下，墓前各有一块精致的石碑。他走了过去，把头靠在石碑上，放声痛哭。国王和王后静静地站在他们身后，心里莫名地涌动一股酸楚，那是一种难以诉说的惆怅，也许他们此刻正忏悔他们的所作所为吧。

哭了一阵后，王子站起转过身来，快步从众人身边穿过，来到王宫，命奴仆取来丧服，他要在此守丧七天。这七天里，他像在这个世间消失了一样，谁也不曾见过他。服丧期满后，他照常外出打猎，用心帮助父王处理国事，当然，无人敢在他面前提及他的妻子和儿子。

一天清晨，因思念王子一夜未眠的王妃，终于忍不住对她的好朋友小灰蛇说："感谢你一直细心地照顾我，现在我的身体也好了，想回去看看，顺便打探一下丈夫的消息，也许他也在思念我，到处找我。"

她的话充满了悲伤和思念，小灰蛇很动容，它平静地说："应该的，这是人之常情。走之前，向我的父母说一声，算是告别吧，如果他们送你礼物，你千万记住，一定向他们要我父亲的戒指和我母亲的首饰盒，其他任何东西都不能要。"

王妃来到蛇爸爸和蛇妈妈跟前，正式向它们道别。它们取出许多金银珠宝，让她随意挑，随意选，能带多少拿多少。王妃谨记小灰蛇的话，对这些东西摇了摇头，一件也没有取。她十分诚恳地说："我会永远记住你们！永远！"此时，她已泪流满面，"如果你们想给我礼物，我只想要蛇爸爸您的戒指和蛇妈妈您的首饰盒。"

蛇爸爸和蛇妈妈听了她的话一愣，惊讶地互望着，它们立即明白，这肯定是它们的孩子给她出的主意，这两样东西也是它们唯一不想给她作礼物的东西，这两件东西对它们来说太重要了。它们沉默了一会儿说："为什么你喜欢这个戒指和那个旧首饰盒呢？谁告诉你我们有这两样东西的？"它们明知故问。

"没有人告诉我，是我看到你们常带在身边便产生了这个想法。"王妃可不能出卖她的朋友。

"不！肯定是我们的儿子告诉你的。既然它开口了，做父母的当然要成全它。"蛇爸爸和蛇妈妈说，"如果你需要房子、服装和食物，就对戒指说，它会满足你的一切要求的；如果你遇到危险或不顺心的事，就打开首饰盒，它能为你排忧解难的。"说完，它们把礼物送给她，并为她祝福。于是，王妃带着儿子离开了。

王妃走了好久好久，终于回到她曾和丈夫一起生活的城市的郊外。看到一片漂亮的棕榈树林，王妃停下了脚步。她取出戒指，告诉它想要一座房子。

"房子建好了，主人。"一个怪声怪气的细小声音传出来，着实吓了她一跳。更令她吃惊的是，一座用上等木材搭建的漂亮的如同宫殿般的房子出现在她眼前，在房子门口，一排侍者毕恭毕敬地站着，等候她的差遣。王妃的喜悦之情无以言表，她缓步走了进去。因一路走来，又累又饿，她先在一间摆有丰富晚餐的房间吃过晚餐，然后来到一张铺有厚厚软毛床垫上，和衣倒在床上，很快进入梦乡，她的儿子紧紧地搂着她也沉沉地睡着了。

在这座华丽、应有尽有的房子里，王妃平静地生活着，她的儿子也一天天长高，小家伙已经能到处跳动和开口说话了，结实着呢。这座陡然出现在这座城市的华丽房子，早已成为人们茶余饭后谈论的焦点。关于它，人们有许多传说。它几乎在

人们不曾留意的瞬间落成，有人说，前脚从那儿走过什么也没有，可回头一看，一座房子就出现了。而关于房子里住着的那位贵夫人，人们更是编造了各种各样的传说。这些传说，当然也传到刚从战场归来的国王和王子的耳中。

　　"那片棕榈树林突然出现了一座十分华丽的房子，真是一件怪事。"国王对王后说，"我们可得派人去查一下，这位夫人有什么底细，她是谁？为何突然出现在我们的城市。我敢打赌，那里住着可不是一位夫人，而是一个野心家，正觊觎王位呢。明天，我可要带着王子和大臣们去看一下。"

第二天，太阳刚刚跃出地平线，王妃站在一个山丘上向城里眺望，看到城市里有一队人马向她所在的方向而来。不久，她就听到熟悉的鼓声，那是国王的礼仪队发出的鼓声，想必是国王来了。旌旗飘飘，雷声隆隆，不一会儿，这群人就朝棕榈树林她的房子走来。她的心怦怦直跳，她不知那群人中是否有她好久不见的丈夫。不管怎样，也不能让他们知道这座房子的主人是她。王妃急忙回房子，取出戒指，让它准备招待国王一行的美食。然后，她取出首饰盒，把她的担心和忧虑告诉它。首饰盒详细告诉她该怎么做，她一一记在心里。然后，她取了一条金色面纱，遮住整个头，领着儿子站在门口迎接国王一行人。

片刻后，国王领着众人来到门前，她迎了上去，邀请他们进来休息。

"好！好！好！夫人，您请先行，我们跟着。"国王说。

于是，他们随她走进一个宽敞的大厅。大厅里面有一张大桌子，桌上摆满了金质果盘，盘子里装着各种水果，有海枣、椰子、蓝莓等，桌子旁边还有一些果篮。国王和王子坐在桌前的软垫椅上，仆人们正在尽心侍奉他们。其他人站在他们身后，其中就有她的哥哥，她一眼就认出了他。

"哦，我所有不幸的遭遇全拜他所赐啊！"王妃心中说道，"他总是那么嫉妒我、恨我，总想置我于死地，他可见不得我过一天好日子。"但她克制住自己，丝毫没有表露她的愤怒之情。

国王对她表达了敬意后，请她介绍一下自己的情况。国王迫切地想了解关于她的一切。

　　她并不着急，应声答道："陛下，您远道而来，一定又渴又饿，先喝点饮料，吃点水果、糕点，然后再听我讲我的故事吧。"

　　"好的。夫人，您真的体贴入微。"国王说。众人在大厅吃了点水果，喝了些饮料后，国王认为已经够了，便说："夫人，我吃好了，喝够了，也休息好了，请您告诉我，您是谁？来自哪里？来这儿有什么目的？哦，夫人，您别紧张，请坐下来说。"

　　女主人鞠躬还礼后，在另一张软垫椅上坐了下来，让仆人把睡在角落的儿子抱过来，开始讲她的经历。只听了一小段，她哥哥就知道她是谁了，立即慌了起来，只恨没有长翅膀，不然立即飞走。不过，如今他正手握一把孔雀羽扇，在国王头顶上来回地摇，为国王驱赶恼人的苍蝇。他一刻也不能离开自己的岗位，不然，前脚离开，后脚就会被侍卫抓回来。庆幸的是，国王正醉心于贵夫人讲故事，并沉浸在故事情节之中，丝毫没留意扇子已停止了摇动，那恼人的苍蝇正在他的卷发上飞来飞去。

　　女主人继续轻言细语地讲述她的故事，她没有看王子一眼，尽管隔着面纱，可王子的双眼却一直停在她身上。当她讲到她独自在森林里的一棵大树下哭泣时，王子再也无法抑制自己。

　　"她是我的妻子！"王子喊道，一个箭步跃到她面前，"谢天谢地，你们还活着！他们欺骗我说你病死了，你还好好地活着，孩子也活着！到底发生了什么事？他们为什么要骗我？你为什么要带着孩子离开我们的家？难道那里不安全吗？"他问完，转过身来，怒目盯着他的父王。

"先耐心听我把故事讲完吧，你很快就会知晓这一切的。"她揭下面纱，露出众人熟悉的面孔，继续讲故事。她说她哥哥来到王宫，污蔑她是巫婆，并竭力劝国王立即杀了她。"国王仁慈，是不会杀我母子的，只是把我和孩子赶出王宫。"她依然平静地说，"而且，如果我不离开王宫重回森林，我也不会遇到小灰蛇，更不会重新长出手来。忘掉那些不愉快的过去吧！让我们重新开始幸福的生活吧！瞧，我们的孩子已长大了。"

"怎么处置你的哥哥？"国王暗暗庆幸，在这个故事中，还有一个比自己坏十倍的角色。

"将他逐出城去吧。"王妃说。

凯哥拉斯城堡

　　佩罗尼克是个无家可归的人儿，整天在外流浪，东家讨点儿吃的，西家要点儿喝的。村民们都十分同情他，只要他开口，从不让他失望，要不然，他早就饿死了。他可没有睡觉的专用床，晚上累了、困了，就找个稻草堆打一个洞，像蜥蜴一样钻进去睡觉。虽然很可怜，但佩罗尼克十分快乐，每次都十分诚恳地感激给他食物的人，有时还唱歌为他们解闷。哦，他会模仿云雀叫呢，模仿得像极了，让人们根本分辨不清是真是假。

　　有一天，佩罗尼克在森林里漫无目的地走着，他从来也不曾有过目的。走了好几个小时，肚子饿得咕咕直叫，还好森林不大，树林也不那么茂密。透过疏朗的树林，他看到前面有一个农舍。佩罗尼克快步朝那儿走去，远远地看到农舍的门前站着一个妇人，端着一只大饭碗，在耐心地喂她的孩子们吃饭。

"我饿了，能给我点儿食物吃吗？"佩罗尼克来到农舍前，可怜巴巴地盯着她的碗。

"你是大家最喜欢的客人，只要还有一点儿吃的，都会给你的。"妇人说。

"不过，碗里的食物不多了，已被孩子们用勺子翻得有点乱了，如果你不介意就拿去吃吧。"她接着说。

佩罗尼克高兴地接过碗，愉快地把里面的食物吃完，他觉得他从未吃过这么美味的食物。"这可是乡下最好的厨师，用最好的面粉，外加最浓的牛奶做成的美食。"吃完，他意犹未尽自言自语着。他的赞美之言，农妇全听到了。

"可怜的孩子，真是天真无邪，"农妇喃喃地说，"他不明白自己说什么吧，哦，我去切块新做的面包给他吃吧。"她切好面包递给他。佩罗尼克大口啃着面包，连面包屑也舔得干干净净，边吃边不停地夸面包好吃，并说只有主教的大厨才能烤出这么美味的面包。农妇听了心里美滋滋的，又在他吃的面包上涂了一层黄油。

正在佩罗尼克吃着面包的时候，一个全副武装的骑士骑着马急驰到他跟前。

"打扰了，你们能告诉我，去凯哥拉斯城堡怎么走吗？"骑士问。

"凯哥拉斯！你真的要去凯哥拉斯城堡吗？"农妇问。

"是的，夫人！为了去那里，我从另一个遥远的国家赶过来，已经骑着马跑了三个多月了。"

"冒昧地问一下，你去那儿做什么呢？"农妇又问。

"我要去那座城堡里找一只金碗和一根钻石长矛。"骑士回答说。听到他的话，佩罗尼克好奇地抬起头望着他。

"金碗和长矛都是十分稀有且珍贵的东西呀。"骑士脱口称赞道，"它们比国王头上的王冠还要珍贵。那个金碗啊，不仅能为你提供你想得到的美食，而且，若你用它盛水喝，还能包治百病，这世上任何疑难杂症都能治愈，即便病人已濒临死亡。就是死去的人，只要用金碗碰一下他的嘴唇，他也能起死回生，重新活过来。至于钻石长矛，它是这个世上最尖锐的矛，无论多么厚的石头还是金属，它都能轻易刺穿。"

"这些宝贝在谁那呢？"佩罗尼克好奇地问。

"在罗吉尔手上，他是一位巫师，就住城堡里。"农妇说，"他每天骑着一匹黑色母马打这儿路过，或去森林，或返回城里，马后面还跟着一匹只有 13 个月大的小马。凭着手中的长矛，没有人敢攻击他。"

"的确如此，"骑士说，"不过，罗吉尔被施了一个魔咒，他不能在城堡里使用长矛。所以，他一回城堡，就会把金碗和长矛放在一个漆黑狭长的地下室里，然后锁上门。那扇门只有一把钥匙能打开，就挂在他的腰上，一刻也不曾远离。我要溜进他的住所，随他进入地下室，在那儿与他决斗，那是最好的决斗场所。"

"你打不过他的！"农妇摇了摇头好心地说，"已有 100 多位像你一样的勇士从这儿经过，他们的目的跟你一样，可是至今没见一人活着回来。"

"谢谢你，好心的夫人！"骑士回答说，"那些人只是莽夫，而我却得到了布拉维德隐士的训示。"

"隐士给你说了什么呢？"佩罗尼克又问。

"他说，我必须穿越一座森林，森林里有各种稀奇古怪的魔法和各种恐怖的声音，它们使用了魔法迷惑我、恐吓我的，让我迷失方向。在我之前，有许多人曾在那儿迷路，在森林里不停地打转，最后被活活冻死、累死。"

"要是幸运地通过了森林后会怎样呢？"佩罗尼克问道。

"我会遇到一个精灵，它手执一把剑尖冒着火的剑。那把火剑不论碰到什么，都能将它们烧成灰烬。它守护着一棵苹果树，而我必须从树上摘下一个苹果。"

"接着呢？"

"我要去找一朵能微笑的花，它由一头凶猛的狮子守着。这头狮子的每一根鬃毛都是一条毒蛇。摘下花后，我要去一个大湖，那儿住着一条龙。在那儿我要向一个黑人挑战，他的武器是个铁球。铁球能听从主人的意愿，准确无误地从主人手中飞出去，击向它要打击的目标，然后自己返回。打败黑人后，我就会进入欢乐谷。在谷口有许多尸体，都是那些闯过了重重险关，最后栽倒在那儿的勇士。如果我有幸通过山谷，将到达一条河，河岸上坐着一位一袭黑衣的妇女，她会上我的马，坐在我身后，指点我接下来该怎样做。"

骑士喘了口气。"你永远也不会成功地闯过那些险关的。"农妇说。骑士当然不会听她的劝告，反而让她记住，这些都是男人们的事情，说完按照农妇的指点，快马加鞭向城堡方向奔去。

农妇摇头，叹息了一声，又递一些吃的给佩罗尼克，然后向他道别。正当佩罗尼克转身欲回森林时，农夫出来了，对他说:"我一直想找一个男孩来帮我看管那群牛,以前的那个牧童回去了,一直没有回来。如果你愿意,你可以留下来干这个活。"

佩罗尼克本是个无拘无束自由惯了的孩子,不喜欢做任何工作。不过,他一想到农妇做的那些让他回味无穷的美食,便一口答应留了下来。

太阳刚刚出来,佩罗尼克就小心地赶着牛群去森林边上的那个牧场,那儿的牧草又高又肥又嫩,真是一个肥沃的好牧场。他从榛树上砍下一根树枝,去掉旁枝和叶,做成一只木棍来赶牛。放牛的活听起来容易,干起来可没那么简单,因为那些牛总爱溜进森林。费了好大的劲刚把一头牛赶回,另一头又溜了进去。一次,一头讨厌的黑母牛钻进了森林深处,佩罗尼克跟在它后面追了好远才追上它。突然,他听到一阵急促的马蹄声。透过树林间的缝隙,他看到一个巨人骑在一匹母马上,后面还跟着一匹小马。

想必他就是那个巫师罗吉尔了,只见他脖子上挂着那只传说中无所不能的金碗,手里握着那根钻石长矛,那长矛像火炬一样闪闪发光。等他走远后,佩罗尼克便到他经过的地方,想查看地上的足迹有多深。可是,地面上一点儿足迹也没有,好像压根儿没有人来过一样。

这样的事情在随后的日子里经常发生,佩罗尼克对罗吉尔和他的马已习以为常了,也不再因害怕刻意躲避他了。只是那个金碗和长矛太有吸引力,他越来越想得到它们。

一天傍晚,佩罗尼克一个人坐在森林边的一棵树下休息,一个胡须花白的人来到他的跟前。"你不是也想去凯哥拉斯城堡吧？"他问道。"我已多次去过那儿了。"那人平静地回答。

"你去过那儿，哇，竟然没有被巫师杀死？"佩罗尼克好奇地问。

"哦！我不怕他！我又不抢他的宝贝！我是他的哥哥，也是名魔法师，叫布鲁克。每次我去看望弟弟时，总要经过这儿。每次穿过那片魔法森林时，我也常常被弄晕，也时常迷路，幸亏有我的小马，它总能带我走出困境。"

说完，他弯下腰，在地上画了三个圆圈，然后叽里呱啦地不知小声念什么，佩罗尼克一句也没有听清。最后，他大声喊了起来：

小马，小马，尽情地跑，尽情地吃，

小马，小马，快快过来，不要停息。

喊完，一匹小马出现了，它又蹦又跳快乐地来到巫师跟前。巫师取出一个马笼头，套在小马头上，系好缰绳，翻身上马走远。

望着远去的小马，佩罗尼克心里突然冒出了一个念头，可是也仅仅是一个念头，在付诸实施之前只能默默地等待。不过，他心里已经很清楚，要去凯哥拉斯城堡，他必须抓住那匹小马，它熟悉路呀，不然，他连魔法森林这一关也过不了。可是，他可没听清那个巫师小声念的咒语，也不知在地上画三个什么样圆圈。要想抓住那匹小马，得想其他的办法。

一连好几天，佩罗尼克整天想的就是，如何抓住那匹小马。他坚信只要他骑在小马背上，他就能闯过重重险关，克服任何困难。当然，他要耐心地等待时机。一天夜晚，大家都睡熟了，佩罗尼克依然难以入睡，他反复回忆巫师抓小马时一连贯的动作，特别是所需的工具。想好后，他爬起，来到马厩里，找了一个旧的马笼头，又用亚麻搓了一根麻绳，在一端做了一个活套，准备用它套住小马的腿。此外，他还准备一张捕鸟的网，一个用各种布片缝制大口袋。他往口袋里装了许多胶水、大量百灵鸟毛、一长串珠子和一个木制的口哨。随后，他从厨房里取了一大块面包，并在面包上涂上厚厚的奶油，还不忘在上面撒些盐。一切准备好后，第二天天一亮，他来到罗吉尔必经的路上，将面包撕碎，撒在路上。

罗吉尔骑着马来了，可以说是十分准时，后面紧跟着那匹小马。佩罗尼克躲藏在旁边的树丛里紧张地观看着，紧张得大气也不敢喘。这个计划能成功吗？要是前面的那匹母马吃了面包怎么办？哦，谢天谢地，它载着它的主人一路不停地快速跑过去了，很快消失在拐角处，也许它跑得太快，没闻到面包的香味。哦，小马迈着碎步过来了，它闻到了面包的香味，正停下脚步来寻找面包呢。太好了！小马正在吃面包，想必它以前也没吃过这么美味的面包吧。瞧，它正在四处嗅，四处找面包呢，可一点儿也没有留意有人靠近它。佩罗尼克蹑手蹑脚爬了过来，迅速地将马笼头套在小马头上，并用套绳套住小马的脚，随后翻身上马。还没来得及解开套绳，小马已如离弦的箭疯狂地奔向了魔法森林。

魔法森林的景象只吓得佩罗尼克浑身颤抖不已。时而天崩地裂，一个无底的深渊横在面前，他们正跌了下去；时而一团团烈火将他们包围，他们即将被烧焦；时而洪水袭来，劈头将他们吞噬；时而巨石炸裂，纷纷向他们砸来，要将他们砸成肉酱……这些景象，直至佩罗尼克终老病死的那一天，他也弄不清是真实的，还是虚幻的。佩罗尼克赶紧将帽檐拉下，遮住双眼，任凭小马驰骋。

森林终于被抛在了身后，在他们眼前出现了一个一眼望不到边的平原。平原上的风很强也很清新。佩罗尼克睁开眼，看了看周围的一切。还好，魔法已经消失了。但是，在草丛间，到处是人和马的遗骨，那累累白骨直看得他毛骨悚然，冷汗直流。远处，有一群灰白色的身影在游动。它们是什么？是狼群吗？

小马可不管沿路上的白骨，也不在意有没有狼群，它只是一个劲地往前跑。草原虽然广阔无边，但也经不住小马奔驰。没多久他们就穿过草原，来到一个碧草苍苍的花园。花园里只有一棵树，就是骑士所说的那棵苹果树，沉甸甸的苹果快把树枝压到了地面。树前果然有一个小精灵，个头不足一尺，手拿一把火剑，不用说，它能将碰到的一切烧成灰烬。看到陌生人骑马进来，他怒吼着，举起剑。佩罗尼克早有准备，一点儿也不吃惊地脱下帽子。为了防备火剑，他刻意和小精灵保持足够的距离。

"别生气，也不要惊慌，尊敬的小王子。"佩罗尼克镇静地说，"我要到凯哥拉斯去，高贵的罗吉尔请我去他那儿帮他做事。"

"请你去做事？"小精灵说，"你是谁？做什么的？"

"我是他新雇的用人呀，你不知道吗？"佩罗尼克故作惊讶地问。

"我压根儿就没听说过你，"小精灵愤怒地说，"你肯定是一个盗贼。"

　　"抱歉，"佩罗尼克说，"我不应该自称新雇员，因我是一个养鸟人。请求你不要耽误我宝贵的时间，尊敬的魔法师正在家里等着我呢。你瞧，这是他特地派去接我的小马，让我尽快赶到他的住处。"说完，他特地指了指小马。

　　听了他的话，小精灵这才认真地看了看他骑的小马，没错，正是罗吉尔的小马。现在，他开始相信这个男孩的话是真的了。瞧完小马，他开始打量马上的骑手。看起来是那么天真、那么直率，简直傻乎乎的，绝不是那种狡猾、会说谎的人。可是，他仍然不敢肯定，他说的话全是真的。于是，他问魔法师罗吉尔请一个捕鸟人去凯哥拉斯城堡干什么。

　　"从他的来信上说，他急需捕鸟人。"佩罗尼克说，"他说，凯哥拉斯的鸟太多了，把他田野里的庄稼和果园里的果实快吃光了。"

　　"那你有什么好办法阻止那些可恶的鸟儿呢？我的好伙计！"小精灵好奇地问。于是佩罗尼克从大口袋里掏出一张网，对小精灵说，这是一张专门用来捕鸟的网，无论什么鸟飞入其中后，再也不可能飞出来。

　　"我也希望有一张这样的网。"小精灵说，"瞧，我的许多苹果也被可恶的画眉吃掉了，要是你能把网展开装好，能把它们抓住，我自然就会放你过去。"

　　"这个交易太划算了。"佩罗尼克说。他跳下马，将小马拴好。然后，他弯下腰，把网的一端系在苹果树上，叫小精灵过来拉住另一端，以便他去取木钉。小精灵完全听从他的安排。突然，佩罗尼克将一个活套，迅速地往他脖子上一套，拉紧，把它死死地套住，再也无法挣扎。小精灵大怒，疯狂地喊叫、挣扎，想解开活套。可是，活套却越结越紧。而那把火剑早已被他放在草丛里了，他已够不到了，当然也没法用火剑烧断绳子。佩罗尼克可没时间在这儿逗留，轻松摘下一只苹果后，骑上马，扬长而去。小精灵尽管气得肺都快炸了，此刻也无可奈何了。

小马载着佩罗尼克很快穿过草原，进入一个狭窄的山谷。山谷里有一片树林，树林里长满了各种各样的花草，散发甜蜜的香气，有五颜六色的玫瑰，金黄色的金雀枝，粉红色的忍冬。在它们的上方，有朵花的样子特别奇怪，它是一朵花瓣下方为深红色，上方有三种颜色的紫罗兰，谁看了它都难禁忍不笑。它就是会笑的花。

想到自己顺利来到了第二关，佩罗尼克的心怦怦直跳。他看到在树丛下，有一头狮子在来回地走动，狮子背上有无数条蛇吐着信子在扭动。佩罗尼克知道，和大人物打交道要有礼貌，将帽子放在手上要比戴在头上更谦虚。他上前向狮子问好，并为它及它的家人祈福，然后问去凯哥拉斯往哪个方向走。

"想去凯哥拉斯干什么？"狮子咧着嘴，露出利牙吼道。

"我家女主人让我给尊敬的罗吉尔送云雀馅饼，她是罗吉尔陛下的朋友。"佩罗尼克装着十分害怕的样子，颤抖着身子回答。

"云雀？哦，我可好久没有尝试它们的滋味了！你带了多少馅饼，能不能留点给我尝尝？"狮子说。

"满满一袋子。"他答道。为证实他说的话，还趁机背对着狮子学云雀叫。

狮子听了云雀的叫声，直流口水，催促佩罗尼克让他看袋

子里的云雀馅饼，并说："快让我看看这些鸟儿肥不肥，合不合主人的胃口。"

佩罗尼克说："好的。可是云雀会飞，我一打开袋口，它们可就飞走了。"

"好说，你只打开一条小缝，我凑近看一下就行。"说着，狮子把头往袋口上凑。

佩罗尼克心里暗暗自喜，他拿着袋子，让狮子慢慢把头往袋子里钻。狮子呢，正盘算着饱餐一顿云雀馅饼呢。狮子的头很快被袋子里面的羽毛和胶水粘住了。不等狮子反应过来，他就迅速系紧袋口，系了一个死结，然后摘下那朵会笑的花，骑上小马快速离开。

很快，他们来到了一个大湖边，那是龙居住的地方，湖上没有船，他们必须游过去。小马早习惯了游泳，丝毫没有迟疑就跳入湖中。湖中的群龙看见马上的佩罗尼克，纷纷围了上来，都想吃他的肉。

佩罗尼克不再脱帽向群龙敬礼，对付这群恶龙没必要那么费神。他取出早就准备好的那一长串珠子，像撒玉米喂鸭群一样，将珠子投入水中。群龙争抢起来，随后个个肚皮朝天漂在湖上，全死了。这次他用最简单的方法就过了第三关。

他们随后来到一个山谷，谷口处有一个黑人，他的一只脚被锁链拴在一块巨石上，手中不停地转动一只铁球，就是那只从未脱过靶、又会自动返回主人手中的铁球。这个黑人头上竟然有六只眼，它们绝不会同时闭上。此时，这六只眼睛全睁着。佩罗尼克清楚自己不能被他发现，不然他手中的铁球就会飞过来。他将小马拴好藏在树丛后面，从一条小沟里，悄悄爬到那块拴着黑人的巨石后面。

时值正午，天气正热，黑人也开始犯困，很快闭上了两只眼睛。佩罗尼克在石头后面开始轻唱催眠曲。歌声悠悠，在谷口徘徊，就是花草树木也被歌声迷住了想睡觉。没多久，黑人的第三只眼、第四只眼直至第六只眼全闭上了。他可从未睡得这么香甜。

佩罗尼克蹑手蹑脚地来到小马旁边，解开缰绳，牵着马，轻踩着柔软的草丛，小心谨慎地从黑人身旁走了过去，进了欢乐谷。欢乐谷是个大花园，熟透了的各种鲜果，沉甸甸地挂在树上；喷泉里喷的不是水，而是香气诱人的美酒；各种各样、五颜六色的花在轻轻地歌唱。花园里还有许多桌子，桌上放满了丰盛的食物，旁边的草坪上，几位美丽的少女扭动着腰肢在跳舞，她们频频向他招手，让他加入她们之中，和她们一起狂欢。

佩罗尼克情不自禁牵着马走了过去，耳里全是少女们盈盈的笑声，眼中全是桌上的丰盛美食，鼻里全是酒香、菜香、花香和果香，他快控制不住自己了，没法停下来，就像之前那些到过这儿的勇士，他迷失了自己，当然也迷失了方向。突然，金碗和长矛在他脑海里闪现，他立即清醒过来，忙取出口哨，使劲地吹，嘹亮的哨声很快压制住少女们甜甜的笑声，也抵挡住一切诱惑。他从口袋里掏出面包，放在嘴里不停地嚼着，不再去想那些诱人的美酒、美食。他双眼一刻不离地盯着马耳朵，不再去看那些少女。

穿过了花园，佩罗尼克来到一条河边，河对面就是目的地——凯哥拉斯城堡。河中有一处鹅卵石浅滩，从那儿可以涉水过去。不是有位黑衣妇人在河边的石上吗？她在哪儿呢？佩罗尼克向四周看了看，看到一个人坐在一块大石上，一袭黑色长裙，像是个摩尔人，棕褐色的皮肤光滑发亮。没错，肯定是她了！佩罗尼克来到她身旁，脱下帽子向她问好。

"我一直在此等你助我过河呢，"妇人说，"再走近点，我要坐在你背后。"

佩罗尼克让小马靠近她，随后伸手拉住她。她借势迅速跃上了马，坐在他背后。

"你有杀死魔法师的方法吗？"过河时，妇人问。

"我想没有人能杀死他，他是个法力无边的魔法师，他是不会死的。"佩罗尼克回答说。

"你劝他吃那个苹果，只要吃一口，他就会被毒死。就算没死，还有我，我只要用手指往他身上轻轻一戳，他也会死的。我可是有名的瘟神。"她轻描淡写地说。

"杀死他后，我怎样才能拿到那只金碗和那根长矛？我们没有钥匙打开地下室的大门呀。"佩罗尼克又问。

"会笑的花就是钥匙，能打开所有的门，并能带来亮光，驱走黑暗。"妇人说。过了河后，他们很快来到城堡门前，有一个大帐篷，魔法师罗吉尔正坐在那儿休息。看到小马载着两人过来，用如雷的声音问道：

"哦，你不是森林里的那个可怜的人吗？怎么骑在我十三个月大的小马上了？"

"尊敬的法力无边的魔法师，感谢您还认得我。"

"小家伙，你是怎样抓住我的小马的？"罗吉尔好奇地问。

"是你哥哥教我的咒语，"佩罗尼克说，我只要念：

"'小马，小马，尽情地跑，尽情地吃，小马，小马，快快过来，不要停息。'小马就会来到我身边。"

"那你又是怎样认识我哥哥的呢？"魔法师罗吉尔说，"他派你到我这儿做什么？快说！"

"我也是在那个森林里认识他的，当时他走累了渴了，向我讨水喝。他刚从摩尔人那里回来，派我送你两份礼物，"佩罗尼克回答说，"一只快乐苹果和我背后的这个女人。如果你吃了这只苹果，你就不会再想吃其他的东西；如果你让这个女人做你的仆人，你就不用为家里的任何事操劳了。"

"很好，快把苹果给我，让那个女人下马，在我身边侍候。"魔法师说。

佩罗尼克从怀里掏出苹果，递给了他。他二话不说咬了一口，刚吞下，就浑身抖个不停。女人伸出她长长的手指，在他身上一戳，魔法师扑通一声倒在地上，没了气息。

佩罗尼克迈过倒在地上的魔法师，拿着会笑的花走进了魔法师的宫殿。一路上有五十多扇门在他面前陆续打开，随后他来到地下室门口，一条似乎直通地心的狭长台阶出现在眼前，台阶下方一片漆黑。他手拿会笑的花，沿阶而下，所到之处立即明亮起来。终于，他走到了台阶的尽头，来到没有锁的银门前。他举起会笑的花往银门上一扣，银门就旋转开了，是一个很深很深的地窖，地窖里放着那只金碗和那根钻石长矛，它们发出光芒，将地窖照得透亮，如同白天一般。佩罗尼克欣喜不已，连忙跑过去，将金碗挂在脖子上，手握长矛。突然，地动山摇，他脚下的地面发出可怕的巨响，沉陷了下去，宫殿不见了，周围的一切也不见了，而他又回到了那个放牧的森林边。

夜幕降临了，佩罗尼克没有回农舍，而是踏上一条通向布列塔尼古王国首都的大路向前走。经过瓦讷镇一家裁缝店时，他买了一套棕色天鹅绒外套，又在附近买了一匹白马，用从凯哥拉斯城堡带来的金币付了钱。然后，他跨上白马，奔向南特城，这座城市此时已被法国军队包围，双方正在厮杀。

白马跑了一阵后，佩罗尼克勒住了马停了下来。他看了看周围，方圆好几里已是一片废墟，可恶的法国侵略者砍倒了每一棵树，焚烧了每一座房屋和每一片庄稼，真是满目疮痍。佩罗尼克知道，这样下去城里的许多人会因没有食物而被活活饿死。

这时，一个吹号手出现在城墙上，响亮的号角声响起。随后，他高声宣布国王的命令，谁能赶走敌人，谁将继承他的王位。号手继续绕城吹号角，宣布国王的命令，直到佩罗尼克骑马来到他前方，冲他喊："不要再吹了，我一人就能将敌人赶走，将这座城市从敌人的包围圈中救出来。"说完，他单枪匹

马冲向敌阵。正好一个敌兵挥剑上来,佩罗尼克挥舞长矛,只碰了一下敌兵,那个敌兵立即倒地死了。紧随他身后的敌兵吓呆了,他们明明看到长矛并没有刺在同伴的身上,他的盔甲也没有被刺穿,身上也没有血流出来,可是他却死了。他们待在原地,再也不敢往前冲了。

佩罗尼克高喊道:"你们已经看到我是怎样杀敌了,现在,我要让大家看看我是怎么样救朋友的。"说完,他下马拿着金碗在死去的士兵嘴唇上一碰,那个士兵就复活了,立即坐了起来。佩罗尼克骑马跨过护城河进城了。

佩罗尼克的神奇事迹迅速传遍全城,守城的将士精神大振。众人宣誓要在佩罗尼克的带领下保卫家园,赶走敌军。而在金碗的帮助下,那些死去的、受伤的、患病的布列塔尼人都像以前一样健康,甚至更强壮。很快,佩罗尼克就拥有一支庞大的、强大的军队,他们赶走了法国人,保护了家园。

从那之后,那只金碗和那根长矛就再也没有人见过,也没有人知道它们的消息。有人说,是魔法师的哥哥布鲁克,又从佩罗尼克手中偷走了它们。不过,不管怎样,想拥有金碗和钻石长矛,就应该像佩罗尼克那样不畏艰险,勇敢地去寻找。

四份礼物

很久以前，在布列塔尼地区，哦，不，那时候应该称康沃尔地区，住着一个老妇人，名叫巴蒂克·布斯。她有一个大农场，由她和她的外甥女德帕妮两人经营。每天，从天刚亮到夜幕降临，人们都能看到她们忙碌的身影，要么在庄稼地里干活，要么在奶牛房挤奶，要么做奶酪，要么喂家禽。她们不仅自己这么拼命地干活，不辞辛苦，还不时看着那些雇工是不是在偷懒。不久，巴蒂克就拥有了很多钱，可以说是一个富婆了。

唉，如果巴蒂克能多花点儿时间休息，想想工作之外的事情，也许她活得会更快乐一些，至少不会像现在那么爱财，那么自私自利了。抠门的她除了必要的衣服和食物外，她从不在自己和外甥女德帕妮身上多花一分钱。不仅如此，她还变得十分讨厌穷人，认为他们成天就想着偷懒，老天就不应该让他们这样的人活在这个世上，尽管她曾经也是个穷人。

没办法，巴蒂克就是这样的人。一天，她从牛棚外路过，看到德帕妮和短工丹尼斯在聊天。丹尼斯是普拉弗村人，是巴蒂克新雇的帮手。巴蒂克怒不可遏，气急败坏地冲进棚里，一把抓住外甥女的胳膊，将她扯到一边，大声训斥道："你不感到羞愧吗？你竟然把时间浪费在一个像老鼠一样穷的男人身上。你不知道吗？只要你愿意，有一打以上的年轻人会乐意送你银戒指。"

德帕妮又气又恼，脸色通红，反驳道："丹尼斯是个好青年，他正在攒钱，日后他肯定会拥有自己的农场的。"

"胡说八道！像他这种人，就是拼命攒钱，攒够一百年也买不下农场。什么样的人就会有什么样的命，我看呀，你还等不到成为他的妻子，他可能先穷死了。"

"一个人只要身强力壮，肯干活，贫穷有什么可怕的？"德帕妮继续说。巴蒂克听了十分震惊，她立即制止外甥女的话，恶狠狠地说："贫穷不可怕吗？这些糊弄小姑娘的鬼话是从他那儿学来的吧，好，从现在开始，我不允许你同他说一句话！他再敢胡说，我立即把他赶走。出去，把这些衣服洗了，再晾好！"

德帕妮不敢公然违抗姨妈，阴沉着脸，闷闷不乐地抱起衣服去了河边。一路上，她不停地嘀咕："真是一个老顽固，比石头还顽固千倍。嗯，这些石头还能被水冲洗，我呀，就是哭瞎了双眼，她也不会心软的。唉，和丹尼斯一起聊天是多么快乐啊，这可是我沉闷生活中唯一快乐的事情。见不到他，我活着有什么意义，还不如去修道院当修女呢。"

来到小溪边，她将包裹打开，倒出里面的亚麻衣服开始搓洗。突然，一阵木棍敲打石头的声音传来。她抬头一看，一个矮小的老妇人拄着木杖来到了面前。

"奶奶，您坐下来歇一会儿吧！"德帕妮边说边把包裹往旁边挪了挪。

"天是无边的屋顶，大地随处是家，你爱在哪里休息哪儿就是家。"老妇人颤颤巍巍地唠叨着。

"您怎么这么孤独和悲伤？"德帕妮怜悯地说，"您没有朋友和亲人吗？他们没人请您去他们家吗？"

老妇人摇了摇头说，"他们早就去世了，唉，我的朋友全是一些好心的陌生人。"

听了她的话，德帕妮一时不知说什么才能安慰这位老人。她想起自己带的午餐——一块面包和一些香肠，把它们递给了她，和颜悦色地说：

"拿去吃吧！无论如何请您能开心地吃了这份午餐。"

"好心终有好报的。"老妇人说，"你的眼睛还是红的，是巴蒂克干的吧，这个视钱如命的吝啬鬼，肯定不让你同那个普拉弗村的小伙子交往。你是个好姑娘，快乐地生活吧！我送你一件礼物，它能让你与他天天见面。"

"什么？"德帕妮惊叫了起来。这位其貌不扬，简直如乞丐的陌生老人竟然知道她的心思，她一下子惊呆了，半天说不出话来。

老奶奶可没注意到她惊讶的表情，继续说："拿着，这是一枚铜别针。你想见丹尼斯时，就把它别在你的衣服上，这时你的姨妈布斯就会去菜地数她的卷心菜。只要别针在你的衣服上面别着，你就是自由的。只有你取下别针，将它放进盒子里，她才能从菜地里返回。"说完，她站起身，冲她笑了笑，又点了一下头，转身就消失了。

看着手中的别针，德帕妮如石雕般呆立了半天才缓过神，才相信这一切不是梦。她明白，老奶奶一定是位好心的精灵，能了解人们的过去，又能预知人们的未来。哦，还有衣服要洗呢，此时，她才真正回到现实中。于是，她收好别针，开始用力地搓洗衣服。

第二天黄昏，德帕妮老远看到丹尼斯站在牛棚后面的长长的屋影下，焦急地东张西望。于是，她按老奶奶的话，把铜别针别在衣服上。这时，她看到巴蒂克姨妈立即穿上她的木鞋，快速穿过果园，来到那片种着卷心菜的园地。德帕妮迈着轻快的脚步跑出房子，她的心情也如脚步一样，是那么轻松、快乐。她和丹尼斯一起有说有笑愉快地度过了这个傍晚。

就这样，在接下来的好多天里，他俩就这样相会。可是没多久，德帕妮发现丹尼斯有意回避她，这令她很伤心。

原来，在约会的初期，德帕妮和丹尼斯都觉得相处的时间太短了，感觉好多话还没有说，又匆匆地分别。可是，随着丹尼斯教会德帕妮所有他熟悉的歌谣，讲完他的发财计划和成名宏图后，他渐渐地发觉自己没有什么再对她说的了。唉，他像所有普通人一样，只喜欢滔滔不绝地讲别人的故事，却不做个听众，也听听别人的故事。有时，德帕妮去找他时，他故意避而不见。第二天见面时，他撒谎说他进城了。她从未责备过他，虽然她知道他在说谎。真正使她难过的是，丹尼斯没有像以前那样关心她，在乎她了。

生活就这样一天天过了下去，德帕妮的心情也像秋天的果实，一天比一天沉。她渐渐地瘦了，脸色也越来越苍白。一天傍晚，丹尼斯又一次失约了。她无奈地拿着水罐，慢慢走向泉水。在路上，她又遇到了那位给她铜别针的老奶奶。好长时间不见，她瘦了，又变得郁郁寡欢了。

老奶奶当然知道她的心病，开玩笑地说："哎哟！我漂亮的姑娘能天天见到自己的意中人了，你怎么变得那么忧郁，没有以前快乐了呢。"

"他对我厌倦了，"德帕妮哽咽着说，"他总是找借口避开我！唉！亲爱的老奶奶啊，天天见面没有用了，我要让他见到我后变得快乐，打心底乐意见到我。可他总是那么聪明，而我总是慢他几个节拍，求求您，让我也聪明起来吧！"

"你就只是希望自己变得聪明吗？"老妇人说，"这好办！你拿着这根羽毛，将它插在头上，你的聪明将不亚于所罗门。"

德帕妮的忧郁一扫而光，脸色又恢复了以往的红润，高兴极了。回到家后，她就把羽毛插在发带上，那时康沃尔地区的姑娘常用这种发带系头发。不一会儿，她老远就听到丹尼斯吹口哨的声音，他的心情看起来十分高兴。她当即派她的姨妈去数卷心菜，然后愉快地去见心上人。

这一晚，丹尼斯简直对她刮目相看。德帕妮一下子变成了无所不知的智者，不仅会唱康沃尔各地的歌谣，还会自己谱曲填词呢。丹尼斯心里十分纳闷：这是以前的那个安静、腼腆的姑娘吗？还是另外一个人？她是被哪位精灵附体了呢？还是她已经疯了？更令他惊讶的是，以后每次见她，发觉她一次比一次聪明了。

　　不过，左邻右舍对德帕妮的行为感到很奇怪，常常在背后议论她，因为她无论什么时候都在头上插着那根羽毛。有些人压根就看不惯她，说她的衣服是老古董，太寒碜，连乞丐都不如。而她就挖苦她们、讽刺她们。人们听了后，常摇摇头说："这是一个心机重、心眼坏的姑娘，日后谁娶她为妻，肯定一切要听她的，一辈子也别想翻身。"

　　这些话当然会传到丹尼斯耳中，很快他也信了。丹尼斯可是一个喜欢自己当家做主的人。于是，他开始变得有些害怕德帕妮。每次她取笑别人时，他不再觉得好笑，更不去笑了，反而心中忐忑不安，脸红胸闷，仿佛她取笑的对象就是他自己，或者说马上就轮到他了。

　　日子一天天过去，德帕妮和丹尼斯的关系渐渐地疏远。一天晚上，丹尼斯告诉德帕妮，他要去邻村参加一个舞会。德帕妮脸色一下阴沉了下来，劳累一天的她多么想和心上人单独待在一起啊。她竭力让丹尼斯留下，可他根本不听。德帕妮彻底愤怒了。

　　她气势汹汹地说："哼，你那么性急地想去参加舞会，生怕迟到，是因为佩内诺村的阿兹丽斯吧，想必她也参加了舞会。"阿兹丽斯可是那一带公认的美女，自小就与丹尼斯相识。

　　"哦，当然，阿兹丽斯要去！"丹尼斯回答，他倒是很乐意见到德帕妮吃醋呢。他还进一步打击她说，"很多人参加舞会就是为了看她，当然也包括我。"

　　"快滚吧！"德帕妮妒火中烧，气愤地说。她转身离开，回到自己的房间后，"砰"的一声，用力关上了房门。她坐在火炉旁，傻呆呆地看着炉中的火焰，显得那么孤独、那么悲伤。她拔下头上的羽毛，扔在地上，掩面痛苦了起来：

"聪明有什么用啊，男人就喜欢漂亮的女人。我下次碰到老奶奶，还是求她让我变得漂亮一点儿。唉，现在太迟了，丹尼斯也许再也不会回来了。"

话音刚落，她就听到老奶奶说，"好，既然你那么渴望变得漂亮，我会成全你的。"她连忙转身，看见老奶奶拄着那根木杖站在她面前。

"这儿有根项链，只要你将它戴在脖子上，你就是世上最美的女人！"老奶奶说。

德帕妮兴奋地跳了起来，连忙跑到镜子前，解开锁扣，将项链戴在脖子上。太好了！这下再也不用担心了，什么阿兹丽斯，什么美人，你们统统靠边站，没有人比她更美丽了。她对着镜子尽情欣赏自己的脸，自己的皮肤。一个念头突然从心底冒出来。于是，她急忙换上她最好看的晚礼服，换上舞鞋，向舞会的举办地跑去。

路上，她看到一辆华丽的马车迎面而来，车上坐着一个英俊的年轻人。当马车从德帕妮身边经过时，年轻人发出由衷的赞美声，"多么美丽的姑娘啊！在这个国家恐怕再也找不出比她更美的了，我想只有她才配当我的新娘。"

小路很狭窄，毕竟只是一条乡间小道，而马车十分宽大，霸占了所有路面。德帕妮只得停下来避让马车，她心里极不情愿，冲着车上的人喊道："快赶你的马车，让开路吧，我急着赶路。我可是一个穷苦的乡间姑娘，只习惯干些与奶牛、干草和纱线有关的农活。"

"也许你今天还是个农妇，可明天我要将你变成贵夫人。"

年轻人边说边一把抓住她的手，想把她拉上车。

德帕妮奋力挣脱他的手，说道："我可不想当什么贵夫人，我只想做丹尼斯的妻子！"她看见路旁有一条沟，便跑过去，想藏在里面。年轻人立即命令随从去抓她，将她硬塞进了车里。车门一关，马车又飞快地往前奔去。

一个多小时后，他们来到一座富丽堂皇的城堡。德帕妮赖在车上不肯下来，被那些随从抬下了马车，把她带到一个大厅。年轻人命人速去请牧师过来，主持与她的婚礼。他还尽力地使德帕妮开心，说了一大堆漂亮的话，比如她将成为城堡的女主人，从此过上锦衣玉食的生活等。

可此时，德帕妮心里只有舞会，只有丹尼斯和她的情敌阿兹丽斯，只想尽快地脱身，哪有心思听他的甜言蜜语呀。她对他毫不理睬，任凭他说破嘴皮也无动于衷。她仔细地观察周围的一切，寻找一切可能逃跑的机会。想逃出去可不容易，大厅的三扇门都死死地关着，她进来的那扇门还上了一把大锁。还好，她出门时又把那根羽毛插在了头上，当然也没忘在衣服上戴上铜别针。聪明过人的她碰了一下别针，命大厅里所有的人都去数卷心菜。然后，她轻松地打开锁，跑了出来，跑呀跑，也不知跑到了什么地方，实在跑不动了，才停了下来。

天色已完全黑了下来，累得快抬不动脚的她，看到了一个修道院。她来到门前，请求里面的人留宿她一晚，明天天亮她就离开。可是，开门的修女拒绝了她，说她们从不收留乞丐，让她尽快走开。无奈，她只好咬着牙，拖着如灌了铅的双腿继续往前走，好不容易来到一个农场。

农舍的门前站着三四个妇女和几个年轻人。德帕妮请求她们让自己借宿一晚，农夫的妻子是个善良的女人，当即同意了，正想领她进屋。可是，那几个年轻人想必被她的美貌吸引住了，开始相互争论，该由谁为她效劳。起初还是争吵，不一会儿就大打出手。农妇吓坏了，立即对德帕妮充满了怒气，咒骂她，说尽了难听的话。

德帕妮吓得转身就跑，一时不知哪来的力量，一口气跑到了附近的森林，想找一个地方躲藏起来，但是他们很快从后面追了上来。这时，她已变得十分聪明了，一把将项链拉下来，挂在一头刚从小沟里钻出来的猪身上。很久，她看到他们改变方向，向那头猪追了过去。她呢，也失去了魔法，回到了以前的模样。

德帕妮只能继续往前走，也不知前方是什么方向。迷糊中，发现她已回到了姨妈的农场。接下来好些天，德帕妮每天忙得团团转，她感到每天累得够呛，加上心里苦闷，干活时没有一点儿精神。更令她伤心的是，丹尼斯很少来找她。

她只能自我安慰："他现在一定也很忙吧，只有富人才有那么多的休闲时间。"她的脸上又一天天地苍白了，身体也一天天地瘦了。全村里的人除了她那位吝啬的姨妈外，都看出她病了。以前扛在肩上一点儿也不沉的水罐，不知怎么回事，一天天变沉了。每天早晚她照常去泉边打水时，她费好大的劲才能把装满水的水罐抬起，举到肩头，以前她可是一点儿也不费力啊。

"我怎么还是这么傻呀，我能自由地与丹尼斯约会，可他很快就厌倦了我；我变得聪明了，可他却害怕口齿伶俐，才思敏捷的女人；我变漂亮了，不仅没为我带来快乐，还引来许多麻烦。唉，也许只有财富才能让我和我爱的人生活过得快乐吧。唉！要是我当时向老奶奶要这样的礼物就好了。"一天傍晚，她又来到泉边打水，自责地说。

"我会让你实现这个愿望的。"老奶奶的声音突然从她身后传来，好像她就藏在她身后不远的地方，可是她回头四处看了看，也不见她的踪影。只听见老奶奶又说："你衣服右边的口袋里有一个小礼盒，里面装着眼膏，只要把眼膏涂在眼皮上，你将拥有怎么花也花不完的财富！"

德帕妮还没有完全明白老奶奶说的到底是怎么回事，就飞快跑回家，连水也不打了，边跑边不停地摸右口袋里的小礼盒。回到房间，她关上门，打开礼盒，对着镜子涂眼膏。正涂着，她的姨妈撞了进来，看见大家正忙的时候，她的侄女却躲在房间里化妆。她又想到这段时间，自己总是莫名其妙地被什么人驱使着去数卷心菜，将农场里的好多活给耽误了，许多雇员因整天不知干什么而对她非常不满，不愿意跟她干活了。

她看到侄女若无其事地坐在镜子前化妆，恼怒地说："我在地里累死累活地干活，你却躲在房里化妆！难怪这段时间农场处处一团糟，都快毁掉了，你一点儿没有为自己的行为感到羞愧吗？"

德帕妮还想为自己辩护，刚说两句，愤怒不已的巴蒂克发疯似的冲上来，连扇了她几记耳光。德帕妮瘫坐在地上，又伤心，又懊恼，又委曲，她再也抑制不住自己的情绪，放声大哭起来。令她吃惊的是，她滴下的眼泪，一滴滴竟然变成了一粒粒亮晶晶的珍珠。

姨妈布斯也发现了，她可没有时间生气了，忙着去捡落在地上的珍珠。这时，丹尼斯推门进来，看见女主人巴蒂克在地上拾珍珠，惊叫着："珍珠！这是美丽的珍珠！"

巴蒂克连忙止住他，让他小声点，别让左邻右舍听到了，并对他说："放心，你也有份，但你不能把珍珠给别人，也不能将此事告诉别人。"

丹尼斯点了点头，他也跪下忙着捡了起来。他看了看德帕妮，见还有许多珍珠从她眼里流出，正从她脸上滑落下来，便摘下帽子去接落下的珍珠。巴蒂克呢，也忙用裙子兜了起来。

看着巴蒂克和丹尼斯贪婪的行为，德帕妮失望极了，他们可不管她为何伤心，现在巴不得她再伤心点儿，多哭出点儿珍珠呢。巴蒂克说："哭吧，尽情地哭吧，为我们过上幸福的日子尽情地哭吧。"德帕妮再也无法容忍，想站起来夺门而出，可姨妈巴蒂克却死死抓住她的胳膊，让她无法挣脱。于是，德帕妮努力控制住自己，忍住了眼泪，并擦干了泪水。

"这么快就哭完了？"巴蒂克意犹未尽地说，此时，她只恨没多扇她几记耳光。她哀求地说："再哭一会儿吧，我的孩子，多想些不顺心的事，尽情地哭吧。"见侄女没有反应，便对丹尼斯说，"是不是再打她几下才管用？"

丹尼斯摇了摇头说："这些珍珠足够多了。我还是先到镇上去问问，每粒珍珠值多少钱吧。""好的！我随你一起去。"巴蒂克总是担心受骗，对谁也不放心。于是，他们一前一后出了门，把德帕妮独自留在房里，谁也没有安慰她一声。

德帕妮心里空荡荡的，有一种万念俱灰的感觉，呆呆地坐在椅子上。这时，她看到火炉旁有一个人影，正是那位老奶奶，她此刻正咧嘴笑着。

　　德帕妮浑身不自主地颤抖起来，她站起身，将别针、羽毛和礼盒拿出，统统交还给她。"这些东西还是还给你吧，我再也不想见到它们了。你已经给我上了一堂深刻的人生课，也许人们都想拥有聪明、漂亮和财富，有些人也的确拥有了这些条件，可我只想做一名普通的农妇，和我爱的人一起辛勤劳作，用自己的双手过踏实的日子。"

　　"很好，你已经真正理解了生活。"老奶奶说，"从现在起，你将过上幸福平安的生活，你将会嫁给你所爱的人，这是你的愿望，也是他心里所想。"说完，她就消失了，再也没有在德帕妮生命里出现。德帕妮呢，也原谅了丹尼斯的贪婪。是的，活在底层的人们，谁没有一点儿贪婪呢。后来，他们结婚了，他当然是位尽心尽责的好丈夫，她呢，也快乐地干自己该干的活儿。虽然她们的生活很平凡，但却很幸福。

洛克岛上的格月可

从前，在布列塔尼地区发生过许多奇妙的事情，这个故事就发生在那里。那个地区有个叫兰尼里斯的小村，住着一对青年男女，男的叫霍莫·波甘姆，女的叫巴蒂·波斯蒂克，他们是表兄妹。他们的母亲是从小就在一起的朋友，是最好的闺密，两家经常往来。从小这对表兄妹就常常睡在一个摇篮里，长大后又经常在一块儿玩耍，真可以说是青梅竹马，两小无猜。

他俩从小就订了婚约，双方的父母都说："瞧，这两个孩子多可爱，等他们成人后，就让他们结为夫妻吧。"十几年一晃就过去了，昔日的孩子逐渐长大成人了。村里的人们都等着喝他俩的喜酒呢。可是，天有不测风云，人有旦夕祸福。他俩的父母相继病逝了。因父母的病，这对表兄妹没有钱结婚了，只好到一户有钱人家做用人。当然，这总比天各一方要强许多了。不过，要是有自己的房子，能过上俩人的小日子，随心所欲地做自己想做的事，那就更好了。不久，他俩一起叹息、一起抱怨，向对方倾诉生活的艰辛。

"要是我们能买起一头牛，养一口猪多好，"霍莫叹息一声说，"我会向东家租一块地，这样我俩就能结婚，过自己的小日子了。可我们的生活太艰辛了，我上次到集市，发现小猪的价格又涨了。"

"我们还得等下去，不知要等多久才能结婚。"霍莫伤心地说，转身离开去干活了。以后每次见面，他们互诉哀愁，重复着相同的话题。后来，霍莫感到再也不能这么无希望地活下去了，他告诉巴蒂，他要背井离乡到外面闯荡一番，也许会碰上好运。

听了他的话后，姑娘十分难过，她当然舍不得他离开，便竭力劝霍莫不要离开，还不停地自责没早点儿把婚事办了。

霍莫不听她的劝告，执意要离开，他说："鸟儿不停地飞只为找到一块谷地，蜜蜂不停地奔波只为找到蜜源。做人怎能连这些小动物都不如呢？我要像它们一样四处寻找，直到找到需要的一切，我会赚到足够的钱，买牛、买猪，甚至买许多其他的东西。巴蒂，你若爱我，就放心地让我出去，只有这样我们才能早日成婚。"

巴蒂知道多说无益了，她只好忍着悲痛说："好！既然你执意要走，我就把我父母留给我们的几件东西与你分享一下吧。"于是，他俩来到巴蒂的房间。巴蒂取出一个小箱子，从箱子里取出一个铃铛、一把刀和一根木棍。

"这个铃铛的声音，不论相隔多远都能传到对方的耳中，"

巴蒂说，"不过，只要它响起，就说明我们俩人中有一人面临很大的危险；这把刀能破除一切魔咒；这根木棍呢，能带你去任何你想去的地方。现在，我把铃铛和刀送给你，让这把刀保护你不受任何魔法的伤害，让这个铃铛能及时告诉我，你所处的危险。这根木棍留在我身边，以便我在第一时间，能借助它飞到你身边。"

说完，两人相拥着哭了一阵后，挥手分别，霍莫朝森林里走去。

那时，有很多穷人成了乞丐。每经过一个村庄，霍莫身后总会跟随一群人，他们可都认为他是一位有钱的绅士，毕竟他的衣服没有一个补丁。

"这儿都是倒霉的地方，"霍莫说，"在这里只能花钱，哪能赚钱呀。我必须尽快离开，到更远的、能赚钱的地方去。"想到这里，他加快了步伐，朝蓬塔走去。蓬塔是一座河边小镇，很美丽很富有，据说有很多有钱人住在那儿。

来到蓬塔后，霍莫坐在一家小饭店的门外长凳上休息。突然，他听到有两位骡夫在互相谈论洛克岛上的格月可，当时他们正往两匹骡子上搬运货物。

"格月可是什么？我怎么从未听说过，也没有见过？"霍莫好奇地问。两个搬运工说，格月可是一个精灵，住在洛克岛上那个湖中，听说她十分富有，这个世上所有国王的财富加起来也没有她的多。许多人都想到洛克岛去找她，妄想能从她那儿讨点儿财富，可是至今没有一人能回来。

听了他们的话，霍莫暗下决心。于是，他对两位骡夫说："我也要到洛克岛碰一下运气，我想我一定能回来的。"两人吃惊地看着这位其貌不扬的异乡人，苦口婆心地劝他别冲动，别干这种有去无回白白丢掉性命的蠢事。

霍莫笑了笑，对他们说，如果他们能告诉他一个快速赚到钱的方法，让他早日能买到一头牛和一口猪，他就不去洛克岛冒险。俩人面面相觑，一时也想不出什么好办法，只好对他摇摇头，叹息了两声，径直离开了。

霍莫向大海走去，来到海边后，他雇了条渔船，让渔夫把他送到了洛克岛。这是一座很大的海岛，岛上有一个非常大的湖，几乎横穿整个海岛，只是通过一条很狭窄的小河道与大海相通。

霍莫付了船费后，独自上了岛沿着湖岸往前走。这时，他看到前方有一只小船，就停泊在那片金黄色的金雀花丛下。船的外形看上去就像一只天鹅，天鹅的头藏在翅膀下方，船体涂着蓝色的新漆。这真是一只有趣的船，霍莫心里想。他跑了过去，来到船边，想仔细看个究竟，也没有看出它有什么不同。于是，他跳上船。还没站稳，那只天鹅突然醒了过来，从翅膀下抬起头，迅速划动双脚，很快将船划到湖中央。

霍莫没料到船真是天鹅变的，吓得惊出一身冷汗。他迅速地反应了过来，欲离开船跳入湖中，然后游上岸。天鹅似乎早就知晓他的心思，他刚跳入水中，它就潜入水下，带着霍莫来到水下的格月可宫殿。

如果你没有去过海底，你永远无法想象海底有哪些世间所没有的奇迹，同样你也绝对想象不出这座水下的格月可宫殿是什么样子的。这座宫殿全是用贝壳垒起来的，蓝色的、绿色的、粉红色的、淡紫色的、白色的……它们互相交织在一起，真可以说是五彩缤纷。宫殿里的楼梯全是水晶做的，踏在上面发出清脆的鸟鸣声。在宫殿的外面是一个巨大的花园，花园里长满了海底里的各种各样的植物，可以说应有尽有，许多植物上面还开着花，那些花全都是由亮晶晶的钻石构成的。

宫殿的中央是一个大厅，大厅上有一把摇椅，一个女人正躺在摇椅上闭目养神。她就是湖中的精灵、宫殿的主人——格月可。她真是一位美貌的精灵，粉白的脸庞，就像那白色的贝壳；乌黑的秀发上插着用珊瑚做的发卡；绿色的丝绸长裙的裙摆直漂到湖面上。她是那么美，美得摄人心魄，以至霍莫看了她一眼，就被她深深迷住了。

"进来吧！"格月可站起来，轻言细语地说，"我这儿一直欢迎年轻英俊的青年人到访。别局促，小伙子，能告诉我你是如何到这儿的吗？你想来这儿找什么吗？"

"我叫霍莫，是兰尼里斯人，我只想挣些钱，能买一头牛和一口猪就够了。"霍莫诚实地说。

"哦，你真是一个诚实的年轻人，这是我迄今为止听到的最朴素的愿望，你举手之间就能实现。"格月可微笑着说。随后，她向他招了招手说，"别担心，放轻松些，先进来尽情地玩吧。"她领着他进入了第二个大厅，大厅的墙壁和地板全是用珍珠砌成的。在大厅的一角有许多桌子，桌子上摆满了各式各样的水果和异常珍贵的名酒。

霍莫的心此时完全放松下来，尽情地享受那些他从未吃过的美食。格月可继续向他介绍说，这里的一切财富来自海上遇难的船上，海流将它们送到她的宫殿里来了。

"这儿真是个聚宝盆了！"霍莫像回到家一样轻松、自在，完全没有了戒备之心，他说："陆地上的人们都喜欢在茶余饭后议论你，关于你的财富有的传说多得数不过来。"

"有钱人最容易遭人嫉妒。"格月可答道。

"要是我，能拥有你一半的财富就心满意足了。"霍莫说。

"你马上就会拥有的，如果你愿意的话。"格月可说。

"我该怎样理解这句话？"霍莫说。

"我的丈夫科兰多去世多年了。"她平静地说，"如果你愿意，我想成为你的妻子。"

霍莫大吃一惊，他做梦也想不到，这么一位绝色佳人，又这么有钱，竟然愿意做他这个穷小子的妻子。他心里十分激动："我想没有谁会拒绝这个请求，除非他疯了，我万分荣幸接受这个邀请。"此刻，想必他已经忘了他青梅竹马的贝蒂，忘记了他背井离乡的初衷了。

"那好，我们尽快举办婚礼吧。"格月可说，并立即安排用人去筹办此事。吩咐完后，她请求霍莫陪她去公园里的池塘走一趟。

来到池塘边，格月可掏出一个铁丝渔网放在池子里，喊道："进来吧，律师！进来吧，坊主！进来吧，裁缝！进来吧，歌唱家！"每叫一个名字，就有一条鱼跃进渔网里。渔网装满后，他们来到一个大厨房，将鱼倒入一个金色的大锅里。霍莫对锅台里传出的声音感觉很奇怪，除了水烧沸后的翻滚声外，他分明还听到一丝丝说话声。

"好像有人在锅里面窃窃私语，格月可。"他惊奇地问。

"没什么呀，可能是木柴烧裂时发出的爆炸声吧。"格月可说。可是，霍莫怎么听也不像。

"那声音又响起来了。"霍莫沉默了一会儿后又说。

"别大惊小怪啦，那是水烧沸后，鱼在里面跳得更猛吧。"格月可轻描淡写地回答。可是锅中传来的声音越来越大，特别像人的哭喊声。

"那是什么声音。"霍莫只听得心惊肉跳，内心隐约感到不安。

"哎，那是壁炉里的蟋蟀在叫。"格月可边说边唱了起来，她想用自己的歌声压制住锅中的喊声。

霍莫不敢再多说话，他的心也怦怦直跳，想竭力保持镇静，可是依然止不住地颤抖。他已丝毫没有快乐的感觉了，内心的不安越来越沉重。猛地，他想起了巴蒂。"我怎能这么快就忘了巴蒂，我真该死，我太无耻了！"他心里不停地自责。此时，格月可正把鱼儿从锅里捞出，放在大盘子里。她说这是他们的晚餐，并让霍莫先吃，她去地窖里取几瓶酒。

霍莫坐在桌边，掏出巴蒂给她的那把刀就去切鱼。可是刀一碰到盘中的鱼，施在鱼身上的魔法就破除了，四条鱼立即恢复了人形站在他面前，着实把他吓了一跳。

"求求你，救救我们，霍莫，这也是救你自己！"他们小心翼翼地说，生怕格月可听见。

"啊，刚才是你们在锅中喊叫吗？"霍莫吃惊地说。

他们一边示意他小声点，一边说："是我们，就是我们啊！"他们说，"我们跟你一样，也是来洛克岛碰运气的。起初，格月可也提出和我们结婚的条件，我们和你一样，当然一口答应了。可是婚礼一结束，可恶的她就把我们变成了鱼，养在那个池塘里，你也不会例外，随后也会放进来的。"

霍莫听了惊得一下子跳了起来，他仿佛已看到自己被格月可捞出，倒入金锅中煮。他连忙向门口跑去，可格月可已在外面听到他们的谈话，当即拦住了他。她掏出那个铁丝渔网往他头上一套，转眼间，霍莫就变成了一只小青蛙，瞪着一双绿色的大眼睛，向网外张望。

格月可将他带到池塘边，对他说："哎，你下去陪他们玩吧，有朋友陪伴总是快乐的事情。"

与此同时，正在农场里挤牛奶的巴蒂，突然听到一阵急促的铃声响起，她脸色一下子失去了颜色。不用说，此时霍莫遇到了大麻烦，可能已命悬一线了。她急忙脱下工作服，去房中取出那根木棍，一口气跑到一个十字路口，将木棍插在路中间，口中开始念母亲教她的一首小诗：

飞吧，飞吧，小苹果树枝，

快跨越大海，快飞越大地。

请你，请你，带我一起飞翔，

想飞到哪里，就飞到哪里。

念完，小木棍子立即变成了一匹漂亮的小马，两个马耳边还各挂着一个玫瑰花球，马额头上还插了一根羽毛。马一动不动地站着，等巴蒂跨上马背后，它就撒开四腿，跑了起来。马越跑越快，快得马背上的巴蒂已经看不清路旁的房屋和树木了，只觉得它们呼呼地往她身后跑。不过，心急如焚的她，依然觉得马还不够快，她伏在马儿旁说："燕子没有风飞得快，风没有闪电那么迅速，我可爱的马儿，如果你爱我，就要跑得比它们更快！你可知我的心如火焚，因为我的爱人正面临危险！"

她的话音刚落，马儿风驰电掣般飞奔，很快，巴蒂来到一个名叫鹿跳崖的悬崖下。马停了下来，毕竟没有哪匹马能跳跃那么陡峭的山崖。巴蒂当然明白这一点。于是，她又念了一首小诗：

飞呀，飞呀，里昂的小马，

快跨越大海，快飞越大地。

请你，请你，带我一起飞翔，

想飞到哪里，就飞到哪里。

唱完后，马的前蹄渐渐缩短，随后又慢慢向外伸展，变成一双翅膀；后蹄呢，慢慢缩小，变成了脚爪，浑身上下长出了羽毛，小马变成了一只巨鸟。巨鸟迅速地展开双翅，带着背上的巴蒂飞上了山崖。山崖上有一个鸟巢，鸟巢的周围有许多苔藓和泥土，鸟巢中央则坐着一个小侏儒，又黑又瘦，满脸皱纹。不过，他一见到巴蒂就高兴得跳了起来。

"你终于来了，我漂亮的姑娘，谢谢你前来救我。"他兴奋地说。

"我来救你？"巴蒂纳闷地说，"可你是谁啊，我的小朋友？"

"我是洛克岛格月可的丈夫，是她施展魔法把我困在这儿的。"

"那你坐在巢中干什么呢？"

"我要孵蛋，我下面有六个蛋。我不能将它们孵出来，我就不能出巢。"

听了他的话，巴蒂笑了。

"哦，我可怜的小公鸡，我如何才能帮助你？"她问道。

"你只有先救出霍莫后，才能救我出来，他现在被格月可囚禁在花园里的池塘里。"

"哦，只要能救出我的霍莫，我就是跪着走遍布列塔尼，我也愿意。"

"你必须扮成男子的模样，去洛克岛找格月可，找到她之后，你要想方设法取得她腰中的那个铁丝渔网，然后套在她头上，把她永远罩在里面。"

"我到哪儿去找男子的衣服呢？"巴蒂问。

"瞧我的。"话音刚落，小矮人拔下四根红色头发，对着它们吹了口气，并低声念念有词。不到片刻，这四根头发变成了四个裁缝，第一位拿着一颗卷心菜，第二位拿着一把剪刀，第三位拿着一根针，最后一位拿着一个熨斗。不等小矮人下令，他们就在巢里坐下，盘着双腿，开始为巴蒂缝制衣服。

他们用卷心菜的第一片叶子，做了一件外套；用第二片叶子，做了一件小马甲；用两片叶子做了一条当时流行的马裤。他们还用菜蕊做了一顶帽子，用粗茎做了一双鞋。他们把衣服让巴蒂穿上，十分合身。在白色绸缎镶边、绿色天鹅绒外套的包装下，她立马变成了一位风度翩翩的英俊绅士。小矮人又在她耳边嘱咐了几句后，与她挥手告别。

巴蒂谢过小矮人，坐上巨鸟来到了洛克岛。上岛后，她又将巨鸟变回小木棍，拿在手中，照例踏上那条蓝色的天鹅船，被带入水下的贝壳宫殿。

格月可一见巴蒂简直欣喜若狂，这可是她迄今为止见到的最英俊、最潇洒、最有风度的年轻人。格月可领着巴蒂来到那个桌上摆满各种水果和美酒的餐厅。在一张桌子上，还留有一把刀。巴蒂一眼认出，是她给霍莫的那把能解除一切魔法的刀。她趁格月可不注意，将它藏于绿色天鹅绒外套的口袋中。格月可依旧领着巴蒂来到花园里的那个池塘，池塘里有各种颜色不同的鱼，真可以说是五颜六色，漂亮极了。

巴蒂知道，这些鱼都是那些前来洛克岛淘宝的人们，被格月可施了魔法囚禁在这里的。这里面，就有她的心上人霍莫。

巴蒂不动声色，看到这些色彩斑斓的鱼儿，高兴地说："啊，好漂亮的鱼！我一辈子有这些鱼陪伴，那该多么快乐啊。"说着，她在池边坐了下来，将手肘撑在膝盖上，手掌托着下巴，仔细地看着那些游来游去的鱼，像是被它们深深地迷住了。

"你这么喜爱鱼，愿意一辈子留在这儿吗？"格月可问。

"能一辈子留在这儿，那真的太好了。"巴蒂显得十分欢喜地说。

"只要你答应成为我的丈夫就行了。"格月可说，"哦，千万别拒绝我，我想我已经爱你爱得不能自拔了。"

"当然，我怎么会拒绝你呢，你是那么漂亮又那么富有。"巴蒂显得喜出望外地说，"亲爱的，如果你愿意，你能把腰中的渔网借我用一下，用它来抓几条漂亮的鱼。"

"想抓住它们可没有那么容易。"格月可十分高兴地说，她取下渔网，对巴蒂说，"给，渔网，拿好！试试你的手气如何吧。"说着将渔网递给了巴蒂。

巴蒂接过渔网，假装去捞鱼，却趁格月可不注意，迅速转过身，将渔网猛地套在她的头上。

"快变回原形吧！"贝蒂喊道。瞬间，那个美丽动人的精灵立即变成了一只丑陋的癞蛤蟆。她拼命地想从网中挣脱，当然是白费力。贝蒂早就听从小矮人的嘱咐，将网死死地收紧，然后将它扔进一个深洞里，并将一块巨石滚到洞口，将洞口堵死，她这才放心离开。

回到池塘，她看到所有的鱼向她聚了过来，用嘶哑的声音喊："救命恩人，求求你把我们从铁丝渔网中解救出来。你以后就是我们的主人，我们永远效忠于你。"

"我当然会解救你们，让你们恢复原形的。"说着，她从口袋里取出小刀，正想用力去敲最前面的那条鱼时，突然，她看到一只小青蛙，用两只前爪轮流拍打胸膛。贝蒂一下哽咽了，她努力失声喊道："我的霍莫，真的是你吗？"

小青蛙用嘶哑的声音说，"是我！就是我！"贝蒂急忙用小刀敲他，他立即恢复了人形，跳起来，一把抱住贝蒂，将她搂在怀里。

"我们不能只顾自己，要赶紧解救其他人。"贝蒂说。然后，她不辞辛苦用小刀一一碰那些鱼，将他们变回原形。鱼太多了，她花了好长的时间才解救完，累得够呛。这时，小矮人乘着六只甲壳虫拉着的轿车赶了过来，不用说，这六只甲壳虫就是那六只蛋孵出来的。

"我回来了！"小矮人高声喊道，"谢谢你们解除我身上的魔咒，现在是你们获取报酬的时候了。"说完，他跳下车，带贝蒂和霍莫来到一个山洞，里面堆满了各种各样如山似海的金银珠宝，让他们随意地取，想取多少取多少。

贝蒂和霍莫装了一只又一只口袋，每只口袋装得满满的，然后贝蒂把小木棍变成一辆带翅膀的大车，装上所有的口袋和所有被解救的人，一起飞回了布列塔尼。

第二天，贝蒂和霍莫就举行了隆重的婚礼，这回他们可没有买小母牛和小猪，因为他们买下了许多许多农场，让那些从洛克岛解救出来的人都有一个小农场。他们在布列塔尼幸福地生活，平安地度过了余生。

丢伦的鱼骨

南海有一座美丽如画的小岛，小岛的中央有一个大树林，树林的中间有一片盛放的兰花，非常鲜丽多姿。小岛的昼夜一样长，也一样炎热无比。

在很久以前，有七姊妹就居住在这座小岛上，她们父母双亡，没有兄弟，由大姐当家，其余六个妹妹皆听从她的安排。大妹妹负责打扫房间，二妹妹负责挑水，三妹妹负责做饭……最小的妹妹则负责上山砍柴，并将柴背回家，往炉子里添柴，让炉火持续燃烧，不得熄灭。在所有活儿中，这个是最受热，也最受累。当她往炉子里添满柴，然后在火炉旁堆好当天和第二天备用的柴后，常常到屋后的大树下睡觉。

一天早晨，小妹妹背着一大捆柴，步履蹒跚往回走，经过门前的小河时，看着清澈凉爽的河水，心里想：要是能在河里洗个澡多好啊！想到这里，她将柴背回家，往炉子里添了柴火后，不再去屋后的大树下睡觉，而是直奔小河，跳进河中。一切是那么惬意！小河完全被浓密的树林掩遮着，几乎不见一缕阳光。小妹妹在河里尽情地游泳、潜水、漂流，无论是心情，还是身体，都感到无比舒畅。突然，一条色彩斑斓的小鱼吸引了她的目光，它简直就像一个闪动的彩虹。

少女心想："它能做我的宠物多好啊！"于是，当小鱼第二次游过她身旁时，她迅速地伸出手，捉住了它。她双手捧着小鱼，匆匆沿着杂草丛生的小路直奔一个山洞。洞前的小溪流沿着山岩直下，落进下方的水潭里。少女将小鱼放入水潭中，并给它取了一个好听的名字——丢伦，告诉它，她很快就会带着晚餐回来。说完，她就回家了。

晚饭早做好了，大姐将姐妹们的七只木碗一字排开，一一盛上香喷喷的米饭。小妹妹吃得很慢，趁大家不注意，将余下的米饭装入一只口袋，悄悄溜了出来，来到山洞前的水潭旁。美丽的小丢伦正在悠闲自在地游着。

"瞧！我多惦记你！"少女喊道，她将一粒粒米饭投入水中，小丢伦忘我地吃着。"今天就这么多食物了，明天我还会带食物来的，请放心。"说完，她哼着小曲，一蹦一跳地回家。

关于小丢伦的事，小妹妹一个字也没有对姐姐们说。她依旧每天把自己的食物，留出一部带给小鱼吃，亲自编了一首歌谣用来召唤它。因常常吃不饱饭，她经常饿得发慌，可是一看到可爱的小鱼游得那么畅快，她立即忘了自己的饥饿。就这样，小鱼一天天长大，变得很肥很壮，而可怜的小妹妹呢，则一天天瘦了下去，越来越虚弱，背一捆柴也逐渐力不从心，要用更长的时间才能回家。很快，姐姐们注意到她的变化。

不用说，小妹妹肯定有秘密。姐姐们商量一番后，决定派一个人跟踪她，看看她到底在搞什么名堂。秘密揭开了，原来她宁可自己饿肚子，也要将米饭留给水潭里的小鱼吃。那位姐姐还说，那条鱼现在很肥壮，如果煮熟吃的话，味道肯定非常鲜美。她的意见获得姐妹们的认同。于是，大姐亲自去水潭抓鱼，三姐做成鱼汤，六姐妹提前享用了晚餐，然后将鱼骨埋好。这一切，远在森林里砍柴的小妹妹一无所知。

第二天一大早，小妹妹像往日一样来到山洞前，蹲在小潭边唱着那首熟悉的小曲。可是小潭里哪还有小鱼的身影。她唱了一遍又一遍，小鱼依旧没有出现。她双膝跪在潭边，死死地盯着潭水，希望能发现点儿什么，可依旧一无所获。

"丢伦绝没有死，不然潭水里会漂浮着它的尸体。"她沮丧地喃喃自语。她站起身来，无比失落地往家里走去，双腿像灌了铅一样沉重，身体则异常疲惫。

"我这是怎么啦？"她反问自己，咬着牙，吃力地回到家中，在一个角落一屁股坐了下来，沉沉地睡着了，一连睡了好几天，也无人管。

一天早晨，小妹妹醒了，她听到屋外一只公鸡在啼鸣，声音非常洪亮。她明白，她不能再睡了。突然，当公鸡的啼鸣声再次传入耳中时，她竟然听懂了它的叫声。公鸡分明说，丢伦已经死了，被她的六个姐姐煮着吃了，鱼骨就埋在火炉旁边。她迅速起身，悄悄来到厨房，挖出鱼骨，一口气跑到山洞前，挖了一个坑，将鱼骨放了进去。埋好后，她自编自唱了一首歌，祝愿鱼骨能变成一棵参天大树，高耸入云。大树的树叶能漂洋过海到另一个王国，被该国的国王拾到。

再不用留饭给丢伦了，小妹妹每天吃得很饱，渐渐恢复了身体，日益丰满起来，不仅能像以前一样干活，甚至更快更轻松了。姐姐们也没再为难她。只不过，她们怎么也想不到，小妹妹去森林里砍柴时，总要跑到山洞前看那棵树。那棵由鱼骨变成的树，一天天长高，越长越快，越长越让人惊讶不已。它是一棵神奇的树，之前谁也没有见过，铁质的树干，丝质的树叶，金质的花朵，钻石果实，真是世间一大奇观。更神奇的是，有一天，一阵风吹过，吹掉了一片树叶，这片树叶竟然随风越过大海，落到另一个王国的王宫门外，被一个大臣拾到。

看着这片神奇的树叶，大臣由衷称叹道："这可是一片神奇的树叶！我相信没有人见过这样的叶子。我得立即将它献给国王。"看了这片树叶后，年轻的国王当场宣布，哪怕寻遍全世界，也要将生长这种树叶的树找出来。很快，他来到七姐妹所在的小岛，来到森林的山洞前，找到了那棵铁树，发现树上闪闪发亮的树叶，跟他手中的树叶一模一样。

"这是什么树？谁知道它的来历？"国王问身边的随从。无人能回答这些问题。就在他们疑惑不已的时候，一个小男孩恰巧从这儿路过。国王立即请他来到身边，问这附近都有哪些人居住，谁知道这棵树的来历。

小男孩回答说："离这儿最近的有间小屋，住着七个姐妹，她们可能能回答你的问题。"他边说，边伸出手指向夕阳的方向指了指。

国王重赏了小男孩，让他立即把七姐妹请到这儿。小男孩乐颠颠跑了出去，对七姐妹说，有一个脖子上戴手指粗金项链的首领请她们过去问话。

153

　　六个姐妹兴高采烈地立即放下手中的活，跟小男孩来到国王面前。不过，小妹妹对陌生人毫无兴趣，只是专心干手中的活，所以没有跟过去。国王及随从热情地欢迎姑娘们的到来，向她们详细询问了有关这棵树的各种信息。令他失望的是，她们竟对这棵树一无所知，一点儿有用的信息也不能提供。大姐还说："我们姐妹一直居住在这儿，如果连我们也不知晓这棵树的来历，我相信肯定没有其他人知晓。"她似乎有些生气，责怪眼前这位富商只关心这棵树。

　　国王想了一会儿说："那个小男孩对我说，你们有七个姐妹，为什么只来了六位？""妹妹每天就是砍柴烧火，其他什么也不会，也从不过问。"六姐妹异口同声地说。

　　"也许她此时的确在做梦，"国王答道，"不过，无论怎样，我要当面问她一下，说不定她还会解梦呢。"说完，他立即派一名随从，沿小男孩所指的方向去小屋请小妹妹。

　　随从很快领着小妹妹来到那棵树前。只见她一来到树下，大树立即向她鞠躬，原本笔直的铁质树干，竟然像人一样弯着腰，树冠直碰着地面。小妹妹随手摘了几片树叶和几朵金黄色的花儿献给了国王。

　　"她是一个能创造奇迹的少女，理应母仪天下，成为国王的妻子。"国王紧握她的手说。很快，国王迎娶了她，带着她返回自己的王国。从此，他们幸福地生活在一起。